まさき君のピアノ

プロローグ

宮城県牡鹿郡女川町鷲神浜《おしかぐんおながわちょうわしのかみはま》。二十代で、県内の岩沼市からこの町にお嫁に来て、すぐに長男の雅生《まさき》が生まれました。その後も次男の昇洋《のりひろ》、そして三男の晃佑《こうすけ》と、この町で私は三人の男の子を産んで、育てていました。

ウミネコの声とともに夜が明けて、日が沈むこの港町に二十代でお嫁に来た頃は、なんて魚の美味しい場所なのだろうと感動したものです。私の生まれ育った町、宮城県岩沼市も、海岸は家から車を走らせればすぐのところにありましたが、港町ではなかったので、見るもの聞くもの、同じ県内とはいえとても珍しかったのです。

このあたり一帯はリアス式海岸で漁場として最高なんだよ、しかも暖流と寒流がぶつかる場所が女川湾のすぐ先にあるからね、たくさんの種類の魚が獲れるんだと、漁師をしていたおじいさん（夫の父）は得意げに話してくれました。

俺達は先祖代々、海と一緒に生きてきたんだからさ。海がなければ飯は食えないんだからね、と。

ときどき、大きな魚を丸々一尾、港で買ってきてはおじいさん自ら台所に立って新鮮なお刺身やあら汁を作ってくれました。包丁さばきのそれは見事なこと。春から夏にかけては、鰹《かつお》や雲丹《うに》や鮑《あわび》。秋から冬にかけてなら、キラキラ輝くように水揚げされる秋刀魚《さんま》、鱈《たら》、そして牡蠣《かき》。三陸産と名がついた魚や貝は東京のお寿司屋さんに行くと、うんと高い値段を出さないと食べられないと聞きます。それがいつでも食卓に並んで、お腹《なか》いっぱい食べられるぜいたく。そして、町の人達もみんな気がいいのです。男は無口な人が多いけど、一度気を許せばとても親切な人ばかり。女も、海の女独特の強さがあります。言葉じりがちょっぴり荒っぽくて初めはびっくりしていましたが、仲良くなれば本当に優しい人ばかりです。

子ども達に囲まれて、美味しいお魚もずっと食べられて、このままここで穏やかに年をとって死んでいくのだろうと思っていました。この町の多くの人がそうであるように。食べ盛りの三人の息子も、生まれ育ったこの町が大好きです。将来、弟のどちらかは東京に出て行っちゃうかもしれない、自閉症を抱える雅生も大人になって、どんな仕事に就くかもわからない。けれど、この海に抱かれるようにして平穏に時間を重ねていけるはずだと信じて疑いませんでした。

我が家は、港から少し離れた小高い丘の上に建っていました。このあたりは「眺湾荘《ちょうわんそう》」と呼ばれ、女川の町全体を見渡せる眺めのいい場所でした。空気が澄んでいてね、町で一番きれいな場所なんだよ。私がお嫁に来た頃から、おばあさん（夫の母）は何度もそう話してくれました。

家はもう古くなっちゃったけどさ、この場所からはぜったいに離れたくないね、あの世に旅立つときは病院のベッドじゃなくて、この家でいつもの布団に寝っころがって死ねたら本望だね――目を細めてそう話していたこともありました。

そして私も、夕暮れ時に少しだけ家事の手を休めて、二階の窓から外を眺めるのが大好きでした。それぞれの家からお味噌汁や煮魚の匂いが漂ってきます。町の生活の匂いは、幸せな匂いです。

今日も日が暮れます。三人の息子、雅生も昇洋も晃佑も、元気な顔をして学校から帰ってきました。

特に雅生の「お母さん、ただいま」の声を聞くと、体から力がふっと抜けます。中学生になり、すっかり声変わりをした我が長男ですが、今日も無事に帰ってきてくれたと安堵する感覚は昔から変わりません。

「まさき、今日も楽しかった？」

「うん、楽しかった」

「お友達と仲良くできた？」

「うん、できた」

おやつを頬張りながら、お気に入りのＣＤボックスを開けてどの音楽をかけようかと迷っています。大好きな音楽を自由に選んで聴くこの時間が、雅生にとって何よりも精神的安定を保てる大切な時間なのです。

そんな雅生の様子に安心してから、食べ盛りの息子三人と、私とおじいさんとおばあさんの晩ごはん用に、お米を六合研ぎます。そろそろ新物の若布《わかめ》が出回ってきました。柔らかい若布のお味噌汁を作ると、春の訪れを実感します。ごはんの支度の途中で二階のベランダに行き、洗濯物を取り込みます。海を見下ろし、空を見上げて日々の平和に感謝します。

それが、私の小さな日課でした。二〇一一年三月十一日までの。

目次

第1章　あの日、3月11日のこと

港そばの水産加工工場で

金曜日の朝でした。目覚めたときから頭が痛かったのを覚えています。肩は鉛《なまり》がのっかったように重く、頭を上げるのもしんどい気分でした。子ども達に朝食を食べさせて、あたふたと学校に送り出し、鏡を見たときに自分の冴えない顔色にびっくりしました。仕事を休んでしまおうかとも思いましたが、私が勤めている水産加工工場は、それぞれの生産ラインで作業の担当が決められており、いきなり休むと皆さんに迷惑がかかります。

家族の洗濯物を干してくれていた義父（夫の父のことを、私はおじいさんと呼んでいたので、この後はおじいさんと書きます）が、声をかけてくれます。

「おっかあ、今日はなんだかしんどそうだよ。仕事、休んだら」

女川では、お嫁さんのことを「おっかあ」と呼ぶのが一般的です。

「ありがとう。でも大丈夫。ほら、来週はノリの卒業式があるでしょう。それで一日、お休みをもらわないといけないから、今週も休むのはちょっと気が引けるしね。それよりも、おばあさんは？」

おばあさんというのは、義母のこと。

我が家は、私から見て、舅、姑、そして三人の息子達——中学2年の雅生《まさき》、小学生の昇洋《のりひろ》（ノリ）、晃佑《こうすけ》の五人暮らしでした。

こう書いたら、おや？　と思いますよね。息子達の父、つまり私の夫はどうしたのかと。私と夫は一年前（二〇一〇年）に離婚をしました。だから、元夫のことを、「お父さん」と書きます。もう私の夫ではないけれど、息子達にとってはこの先もずっと、お父さんでいることに変わりはありません。

お父さんと離婚してしまったのは、息子達に話すのはまだ早いような、複雑な事情です。元妻の私が言うのは少し気が引けるけど、お父さんは気前がよくて、話し上手で、若い子達の面倒見がいい、町の兄貴分的な存在でした。悩みを相談されると、自分の立場を忘れて度が過ぎるほど世話を焼こうとし、結果、失敗してしまうこともよくある人なのです。

大人の事情でこうなってしまったこと、息子達には本当に迷惑をかけています。夫婦でたくさん話し合ったけれど、別々に暮らしていくことしか道は見つかりませんでした。おじいさんとおばあさんは、そうした息子の態度を許さない、家の敷居は二度とまたがせないと断言し、その一方でこれからも私と孫達と一緒に暮らしたいと言ってくれました。そして、夫はこの町から出て行き、県内の別の町で暮らしています。離婚が成立した後も、私はお嫁に来たこの家に変わらずに暮らし、舅姑と一緒にごはんを食べ、まるで昔から六人家族だったように暮らしているのですから、縁とはなんとも不思議なものです。

「おばあさんは、今日は石巻《いしのまき》の教会に行く日だよ」

「ああそう言ってたっけね。じゃあ、ばあちゃん三姉妹でもう出かけたんだね」

おばあさんはとても福祉活動に熱心な人でした。町の婦人会の活動には積極的に参加し、また、信仰心も篤《あつ》く、月に一度ほどおばあさんの姉妹三人で石巻の教会まで出かけていたのです。年をとっても尚、恵まれない人々のために活動的に動いているパワフルな三姉妹おばあちゃんでした。そうしたおばあさんの性格も影響してか、体を壊して早々と漁師をやめたおじいさんが、戦前生まれの男とは思えないほど、家事をこまめに手伝ってくれます。おじいさんは昭和一〇年生まれ。漁師をやめた後、電力関係の仕事に就きました。女川には原発があるからでしょうか、漁業関係の次に多いのが、電力関係の仕事に就いている人なのです。

私がお嫁に来た頃は、おじいさんは原発の仕事を手伝っていたようで、福井などによく長期の出張に出ていましたが、体の具合が思わしくなくて、雅生が物心つく頃にはその仕事も引退していました。心臓病を患い、今でも毎日の薬は欠かせません。その一方で、おばあさんは婦人会や町の福祉活動に忙しく家でじっとしていることが少ない人でしたから、どんどんおじいさんに家事を教えていったのです。

私の実家の父が亭主関白で何もしない人だったこともあって、おばあさんの「夫の教育方針」に最初は、ちょっとびっくりしました。だけど、今となっては炊事も上手、掃除も洗濯もお手のもののおじいさんは本当に頼もしい存在。私が離婚し、シングルマザーになって、水産加工会社へパートに出ることができたのも、おじいさんの家事の手助けがあったからです。

女川にはたくさんの水産加工会社があって、町の人だけでは人手が足りず、中国や東南アジアからも出稼ぎに来ている人がいます。私は最初、さつま揚げをパッキングしていく生産ラインに配属されましたが、手のスピードがついていかずに迷惑をかけてばかりでした。当初の数カ月はヘトヘトで帰宅し、夜中にさつま揚げが空から降ってくる夢を見てうなされては、息子達に、「お母さん、大丈夫？」と揺り起こされたこともあります。もしかすると、お父さんとケンカをしている夢を見てうなされていると思ったのかもしれませんね。

ごめんごめん、変な夢を見ちゃった、でも、相手はお父さんじゃなくてさつま揚げだったよ、と笑うときょとんとしていました。

それが今、ようやく仕事に慣れてきたところ。港町に暮らしていながら、水産加工がどういったものなのかもさっぱりわからなかった私でしたが、魚を解体し、調理し、冷凍保存や出荷までたくさんの工程があることを知り、少しずつ仕事が面白くなってきたところでした。この頃は、冷凍にするホッケやカレイを切り身にする作業を担当しています。仕事をすることで、さらに自分が女川の人間になれたような気がしていました。

小さい町ですから、夫との別居、離婚の話はすぐに町中を駆けめぐりました。スーパーや学校で、「あんだのとこ大変だね」と声をかけられることも、「雅生君の将来は両親で支えていかないといけないのにさ、お父さんは何を考えているんだ、まったく」と同情されるように話しかけられることもあります。皆さんが、私達家族のことを気遣ってくれているのだ、ありがたいなと頭ではわかっていてもやっぱり辛《つら》くて、つい伏し目がちで買い物をしてしまいます。

雅生が自閉症であること。それ自体がかわいそうなことだとは、もはや思いません。だけど、子どもが父親と一緒に暮らせないことは、かわいそうなことなのかもしれない――工場で仕事をしている間は、そんなふうに悩む暇もありません。物思いにとらわれていれば、本当に冷凍の魚が降ってきそうです。夕方まで立ちっぱなしで働いて、潮風に背中を押されるようにして家路への坂道を上るときには、「そうだ、今度のお給料が入ったら、仙台にみんなで出かけてごはんを食べよう。晃佑が牛タンを食べたいって言ってたよな」なんて、少し楽しい考えもわいてきます。女川から仙台市街までは、車で二時間ほどです。

だから、多少頭が痛いとか、体がしんどいからって工場は休めない。そう思ってあの日、工場に出向いた私ですが、立っているのがやっとなのです。

「どうしたの？　ずいぶん顔色が悪いけど」

上司が声をかけてくれました。

「朝から頭が痛くて、なんだか体がだるくって」

「あれ、熱があるんじゃないの。何してるの、帰りな、ここは大丈夫だから」

私はお昼前に早退することにしました。

「お大事にね、そういや、今日は変な日だ。体の調子が悪いって人が朝からいっぱいいるよ」

「そうですね、季節の変わり目だからかな」

「早く春が来るといいねえ」

そんな会話をした気がします。

その日は不思議と、私だけではなく職場全体に重たくてだるそうな空気が流れていて、いつもとは様子が違うように感じました。春先の空と同じくらい、どんより、という言葉が似合う感じでした。そして私は、朝から治らないめまいにふらつきながら、重い足取りで家に戻ったのです。来週は昇洋の卒業式。そのときまでには、元気になっていなければと思いながら。

家に帰り、おじいさんと炬燵《こたつ》に入りながら、朝食の残りもので遅めのお昼ごはんを食べました。

その後、私は二階の寝室で布団を敷いて横になりました。今日は金曜日だから、子ども達が帰ってくるのは四時半から五時頃。そのあいだ寝かせてもらって、少し元気になってから夕飯の支度をしよう。冷蔵庫に入っているものを思い浮かべながら、うつらうつらとしていたときです。

キシキシキシ、キシキシキシと箪笥《たんす》や壁が変な音を立てています。

あれ、さっきよりめまいがひどくなったのかな、いや、これは私のめまいではなさそう……ハッと気がついて起き上がろうとしたときに、ドーンと突き上げるような振動がありました。

蛍光灯も箪笥の引き出しも本棚も、左右にぐらぐらと踊り出し、その横揺れは次第に増していきます。飛び起きたものの、そのまましゃがみ込むしかありませんでした。

それがほんの数秒のことだったのか、それとも一分くらい続いたのか、定かではありません。とにかく長い。とにかくおさまらない。私はしゃがみ込んだまま、近くの柱に必死でしがみついていました。

おさまるどころか、揺れがかぶさるように、また大きくなりました。悲鳴を上げました。女川に来て初めて、いえ、生まれて初めて経験する揺れでした。おさまるまで待つこともできずに、壁を伝うようにして階段を降りました。二階にいるのは危険、咄嗟《とっさ》にそう判断したのです。手すりにしがみつくようにして階段を降りると、無我夢中で炬燵の中に飛び込みました。炬燵の脚を両手で握りしめますが、炬燵ごとぐらぐらと揺れ続け何度も頭をぶつけました。おじいさんがどこにいるのかわかりません。二階で、何かが落ちる音がする。そして何かが倒れた音がする。怖くて悲鳴を上げました。何が起きている？　子ども達は？　晃佑、昇洋、雅生――。

ああもうこれで死ぬんだ。死んじゃうんだ。

炬燵の中で思っていたのは、死のことばかりでした。

津波警報

気がつくと大きな揺れはおさまっていました。炬燵から出ると、足元が麻痺《まひ》していて、地面が揺れているのかどうかももうよくわかりません。一体今何が起きたのか。ここが震源地だったのか。「おじいさん、おじいさん」と叫び続けながら靴も履かずに表に出ると、軒先におじいさんが呆然と立っていました。

おじいさんの立っているそばには、ブロック塀が大きく崩れ落ちていました。

「いま、いま何時？　何時ですか？」

「二時五〇分、二時五〇分！」

おじいさんの代わりに、近所のおばさんがそう答えてくれました。まだ三時前。

大丈夫、それなら、子ども達は学校にいる時間。雅生も友達や先生と一緒に避難できたはずです。隣近所の人達が、みんな外へ出てきていました。こんな時間帯ですから、家から出てきたのはほとんどがお年寄りでした。怖い、揺れた、なんだろう、なんだろうね、と、誰もが呆然としたまま、しばらく沈黙の時間を過ごしました。

そのうち誰かが言い出したのです。

「こりゃ津波が来るよ」

「そうだな、なんにも来ねえってことはないな」

「逃げる準備、しといたほうがいいかねえ」

「いやあ、この眺湾荘のあたりは大丈夫だよ」

逃げる？　逃げるって？　津波がこの高台にまで来るということ？

ちょっと想像はできなかったけれど、でも、津波が来ないとしても、さっきの大きな揺れがもう来ないとは限りません。そうだとしたら、この家にいるのは危険だと思いました。我が家は築三〇年、木造の古い家なのです。何度もさっきと同じ揺れが来たら、柱が耐えられないかもしれません。

「おじいさん、ウチも逃げる準備しよう」

おじいさんは、黙ったまま、ちょっと下を向いたり、空を見上げたり。

「おじいさん、準備しよう」

そう言っている間にもカモメでしょうか、いやウミネコでしょうか。ぎゃあぎゃあと他の鳥達もいつもとはちょっと違う声で鳴いている気がしました。不気味でした。空はどんどん暗くなっていきます。悪寒が走りました。

「おじいさんてば！」

何度目かの問いかけに、おじいさんは引きつったような顔で、こう言いました。

「ここは高台だよ。港なんてあんなちっぽけにしか見えないんだから。こんなとこまで津波は来ねえって」

「来ないかもしれないけどさ、でも、さっきみたいな地震もまた来るかもしれないし、家の中、いっぱい物が落ちてるからここにいるのは危ないよ」

「ここは眺湾荘だから、おじいさんのお父さんも、ここまでは津波は来ねえって言ってたよ。一度も来たことねえよ。それに、下手に逃げたら、もうすぐ孫達帰ってくるのに困るからよ」

「子ども達はきっと学校で避難してる。だから逃げよう」

「逃げるんならおっかあひとりで逃げなさい。この前のチリ地震（一九六〇年五月）のときだって、危ねえ危ねえって言ってたけれども、ここまでは来なかったったっけよ」

いつもならばおじいさんの言うことに従います。でも、そんなことを言っている間も、さっきほどではないですが地面は断続的に、ぐらぐらと揺れていました。足の感覚が麻痺したせいでしょうか、地面がぐにゃぐにゃして、気持ちが悪いです。

逃げる。私は家の中に戻りました。茶の間を渡り二階に上がり、本やCDや、化粧品が転がっている部屋に足を踏み入れ、お財布と携帯電話をいつも持ち歩いているショルダーバッグに詰め込みました。もしかすると、今晩は家に戻れないかもしれない。でも、着替えまで持っていくのは大袈裟かな。小さなバッグ一つにしました。階段を降りると、台所はすごい有り様でした。冷蔵庫が倒れているのを見たときはショックでした。さっき食べていたおかずの残りが皿ごと飛び出しています。食器棚の扉は開き、いくつものお茶碗やコップが割れて床に散乱していました。

茶の間にある雅生の電子ピアノも大きく移動していました。ああ、明日からしばらくは、これを片付けるので精一杯だろう、そう思って外に出ると、おじいさんは相変わらず呆然と立ち尽くしています。ウチのおじいさんだけではありません、近所のおじいさん、おばあさんも同じようにまだ、海のほうを見て立ち尽くしていました。

「おじいさんも貴重品だけ取ってきて！」

そう言い終わらないうちに、誰かが叫びました。

津波警報が出たよ！

おじいさんはそのサイレン音を耳から追い出すように首を横に振っています。

「ここは高台だよ、おっかあ。海から一キロも離れてる。ここは眺湾荘だから」

「わかってる。わかってるよ、おじいさん。でも逃げよう」

おじいさんは少年みたいな顔になって、叫びました。

「ここがダメだったら、女川は全部ダメだよ」

私は近所に住んでいる親戚のおばちゃんの家に走りました。おばちゃんはひとりで、やはりぼうっと空を見ていました。私はそのおばちゃんに、とにかく貴重品だけ持ってきて、一緒に逃げようと声をかけました。津波警報発令と言われても、誰もが、何をどうしていいのやら、まったく頭が回らないのです。統率する人もいません。この時点では、まさかここまで津波が来るなんて誰もちっとも考えてはいませんでした。もちろん私もです。おじいさんの言う通り、こんな高台まで来るわけがない。でも家の中はあんなにぐちゃぐちゃだし、今晩だけはどこかに避難したほうがいいだろう、ぼんやりそう思っていただけです。

お隣のおじさんが、車のラジオのボリュームを目いっぱい上げました。

気がつけば、空はもう夜のように真っ暗。なんて怖い空。いつしか鳥の声はなくなっていました。おじさんが、ノイズの中からやっとアナウンサーの声を拾いました。

――避難してください。ただちに高台に避難してください。緊急大津波警報。緊急大津波警報。岩手、宮城、福島沿岸に大津波警報です。まもなく津波がやってきます。海のそばにいる人はただちに避難してください。できるだけ山のほうへ避難してください。緊急大津波警報。緊急大津波警報。

ラジオのノイズかと思ったのは海鳴りの音でした。

あれ、あれを見て。誰かが下を指差します。

さっきまで誰もいなかったはずの坂の下に黒い塊ができています。塊だと思ったものは人でした。そして車が帯になって道路を上り、その脇道を人が駆け上がってくるではありませんか。

そのとき初めて、こうしてはいられない、とはっきり感じたのです。

「おじいさん、もう待てないよ！」

びゅうっと、海から風が吹いてきました。

女川の町が消えた

そこからは、いくら思い出そうとしても、もう時間の感覚がありません。いつ車のエンジンをかけたのかも記憶にありません。私はどうにかハンドルを握り、丘の上まで向かったようです。助手席には、お隣の家のおばあちゃまを乗せていました。

何を考えていたのか？　何も考えられなかったとしか言いようがありません。ただ、下から上ってくる渋滞と、人の列と、どんどん広がっていく不安の闇に追い立てられるように、上へ上へと車を走らせていました。

またたく間に人が集まって、小さな道路は黒山の人だかりになっていきました。渋滞で車はなかなか動かずに、歩いて逃げた人とそう変わらない時間に、丘のてっぺんまで行きました。車から降りて、小さな広場から丘の下を見つめました。

そのときにはもう、巨大な波が港から町をのみこもうとしていました。どんな音がしていたのでしょう？　覚えていません。静かでした。静かに、大きくゆっくり町がのみこまれていくのを見守るしかありませんでした。

目の前に広がっている光景があまりにも嘘みたいで、嘘っぽくて、見知った町が見慣れぬ光景になっていくのが映画みたいで、嘘でしょう、そんなことしか考えられなかった。とにかく現実感がありません。嘘だ嘘だと、そればかりで。

町が海になっていきました。大河のようになったあそこにまさか人がいるのでしょうか。あの波の下に、人間がいるなんていうことが。これが津波というものなのでしょうか。

あっという間に、波は町を覆い尽くしました。私達は静かにそれを眺めていました。そして、橋を、車を、家を奪うようにしながらごうごうと濁流が引いていきます。

ウチの犬だめかな、ウチの猫を置いてきたけど逃げられたかな、あれはウチだ、ウチの屋根だ――――半信半疑にそう呟く人々の声がそこかしこから聞こえました。

どのタイミングで、おじいさんと合流したのかも覚えていません。いつしか隣におじいさんがいました。

「おっかあ、家、やられた」

「やられたって？」

「家はもうない。壊れた、流されたよ」

「見たの？　おじいさん、流されたの、見たの？」

おじいさんは静かに頷《うなず》きました。


女川が、静かに流されていきました。さらわれてしまいました。

町が、消えました。でも、ただこうして見ていることしか、できなかった。

「ちょっと歩いてくる。おっかあはここにいろ。俺は晃佑を探しに行くから」

私も一緒に行こうと思いましたが、助手席に乗せてきた隣のおばあちゃまを誰かに預けなければなりません。

「あれえ、ここに来たらお父ちゃんがいると思ったけど、父ちゃんがいないよう。どうしたのかなあ」

おばあちゃまはそう言って、きょろきょろとしています。ハッと我に返り、バッグから携帯電話を取り出しました。雅生のいる女川第一中学校、そして昇洋と晃佑のいる女川第一小学校。無音です。何度コールボタンを押しても、コール音もアナウンスも流れません。そして、家。おじいさんが流されたところを見たという、私達の家。電話はかかりません。元夫。やはりかかりません。

この町だけ、日本からずどんと抜け落ちて、もしかすると、別の次元の世界に不時着してしまったのではないでしょうか。家もなくなって、携帯電話も繋《つな》がらなくて、子ども達もいなくて、目の前に広がる景色は、昨日とは別の茫漠《ぼうばく》とした世界です。もしかすると、私がずっと夢を見ているだけなのかもしれません。工場から早退して、お昼ごはんを食べて、二階の部屋で寝たままで悪夢を見ているのです。だとしたら早く目を覚まさなければなりません。そろそろ昇洋が、お腹がすいたと帰ってくる。ランドセルを置くよりも前に台所にやってくる。早く目を覚まそう。今ねえすごく怖い夢を見たんですよ、とおじいさんにこのひどい夢の話を聞いてもらおう。

携帯の液晶画面に灰色の空から雪の欠片《かけら》が落ちてきました。

「なんでこんなときに雪なんか降るか。父ちゃん、お父ちゃんどこ……」

お隣のおばあちゃまが崩れ落ちるようにして泣き出しました。

奥にある住宅地が眺湾荘

避難所、三人の息子達のゆくえ

とても三月とは思えない寒さでした。津波のあと、真冬のような雪がしばらく降っていました。孫達を探しに行くと出かけたおじいさんが戻って来ないので、私は隣のおばあちゃまを近所の人に預けて、車で家のほうまで戻ることにしました。坂の途中で、走っているおじいさんと出会いました。おじいさんは足が悪いのです。普段はこんな坂を走ることはありません。雪の降る中を、昇洋と晃佑の通う女川第一小学校までおじいさんは一山越えて見てきてくれた帰りです。助手席に座ったおじいさんは、白い息を吐きながらしばらく震えていました。

「おっかあ、落ち着いて聞け。昇洋は小学校で避難させてもらっていたよ。でも、コウちゃんが見つからねえって」

「見つからないって？　どういうこと」

「地震の前に授業が終わって、友達と下校したらしい。校門を出て行くのを見た子がいるんだ。津波で町は全滅だ。逃げ遅れた人達は流されたらしい」

それまで、学校で避難していると思って安心していたのです。そういえば今日は六時間目がなくて五時間目で終わりだよ、と晃佑は言っていたっけ。だとすれば晃佑は津波のとき、きっと家に向かって歩いていたはずです。

「おじいさん、やっぱり家のほう見てくるよ」

エンジンをかけようとすると、おじいさんは必死に私の腕を掴《つか》み、止めようとします。

「無理だよ、おっかあ。今は家のほうに行ったらダメだ。無理だ。お友達と一緒なら、晃佑はきっとどこかに皆で避難している。家はダメになったんだから､家に戻ったって、見つからないよ、今は探せないんだ。信じよう、信じて待とう、俺らはとりあえず、女川第一小学校に行って待とう」

頭が急に真っ白になりました。晃佑は津波から逃げられたのでしょうか。まだ私の胸にも届かない背丈の男の子が。でも、晃佑が津波から逃れて家に帰って、家がそこにもうないことを知ったら、もう一度お兄ちゃんを探して第一小学校に戻るかもしれない。きっとそうに違いありません。私とおじいさんは、女川第一小学校へと車を走らせました。

いつものこの時間ならば、まだ高学年の子どもがクラブで駆け回っているはずの校庭は車で埋め尽くされていました。待機を余儀なくされた子ども達、我が子を迎えに来てそのまま避難を強いられた家族、近所の老人ホームから避難してきたお年寄り達。校舎には知った顔も知らない顔も大勢いました。

「お母さん！」

クラスメイト達と避難していた昇洋が、駆け寄ってきました。

今朝送り出したはずなのに、たった半日だというのに息子の顔が懐かしくて思わず抱きしめました。もうすぐ中学生になるこの次男を、ぎゅっと抱きしめたのは何年ぶりでしょうか。

「ノリ、ノリ。家ね、ダメだったんだって。流されちゃったんだって。あとね、あと、晃佑はどこに行ったのか――――見なかった？　学校の中にいない？」

胸の中で我が子が身を硬くするのがわかります。しまった。もっと落ち着いて言えばよかったのです。大きく目を見開いたまま、昇洋は無言になってしまいました。

「信じよう。晃佑はすばしっこい子だもん、体育得意だもん。きっとどこかに元気で避難してるよ。家だって、直せばきっと暮らせるようになる。おじいさんが直してくれるよ。ね。みんな大丈夫だからね」

昇洋がぎゅっと私の手を強く握りました。

「マーちゃんは？」

「マーちゃんは中学校にいる。第一中学校は全員無事だって、さっきおじいさんが誰かから聞いてきてくれた。明日には会える。おばあさんもきっと石巻で避難していると思うから。携帯が繋がったら、お父さんもあなた達の無事を確認したくて電話が来るよ、きっと」

「お母さん、携帯見せて」

昇洋は私の携帯を持って背伸びをしたりしゃがんだりして、どの場所でも圏外のままだとわかると、ため息をついて座り込みました。

「マーちゃん、今日は一中《いっちゅう》で泊まるのかな、教室で眠るのかな」

「そうだね、きっと」

「今頃どうしているかな、揺れてびっくりしているよね。マーちゃんが僕らと離れて泊まるの、修学旅行以来かな。パニクってないかな」

自閉症の症状には、状況が変化したときにパニック状態になるというものがあります。周囲の人達が自閉症の子と向き合うときに一番戸惑うのがこのパニック症状でしょう。雅生にもときどき、この症状が現れました。

症状が出るのは、いつもと違う状況を予告もなく経験したときです。たとえば、私が「四時に迎えに行くからね」と約束したのに数分遅れてしまったとき。「今日はこのテレビを観ようね」と言っていたのに、都合が悪くなり、そのテレビ番組が観られなかったときなど。状況がなぜ変化してしまったのかを理解できないと、雅生の中で恐怖が生まれるようでした。でも、中学生になってからは雅生も理解がどんどん深まってきて、世の中にはたくさんの「不測の事態」というものがあると悟ったのか、パニック症状が出ることは激減したのです。それでも、どうしても耐えられないとき、あまりにも状況が激変したときに、雅生の体は見る見るうちに強張《こわば》りはじめます。パニック症状の前触れとして、極度の緊張状態がやってくるようです。そして泣き、叫び、ときには自分の腕を歯形がつくほど噛んだり、自分の頭を何度も何度も力一杯叩いたり、壁に向かって激しく頭突きをしたりという自傷行為が続くのです。感情を抑え込もうと必死で自分自身と闘うため、こうした行為に走るようでした。

一度パニック症状が出てしまうと、しばらくは感情のコントロールはできなくなります。誰も何もしてあげられません。抱きしめるぐらいしか、母親の私もできません。私の腕の中で、ぽろぽろと涙をこぼしながら自分の腕を噛み続けていることもあります。パニック症状の予防策は、なるべくこうした状況を作らないこと、つまり、状況が変わるときは事前に伝えてあげること。なぜ変わるのか、事情も説明してあげること。こんなことぐらい、と決して思わないこと。これは自閉症の子を持つ家族のルールです。「明日はこういうイベントがあるよ」「お母さんは父母会があるから夜までお出かけするよ」、そういうふうにちゃんと話せば、雅生はしっかりと対応ができるのです。

でも今は、避難訓練ではありません。

自閉症じゃなくとも、誰もがパニックになっているような状態のときに、あの子が落ち着いていられるでしょうか。こんなにも異常事態だというのにお母さんが迎えに来ない……私を待ち続けて、叫び出しているかもしれない。パニック症状になると大きな声が出てしまう雅生です。体はもう大人顔負けなほど大きな子ですから、声も大きいのです。こんな状況で、クラスのお友達が雅生のパニックを受け入れる余裕はあるのでしょうか。今すぐ迎えに行きたい。雅生に大丈夫だよ、と一言伝えたい。しかしいかなる事情であれ、今日はもう、一歩も外に出てはならないということでした。

街灯の明かりもなく、外は真っ暗で、歩くのもままならないようでした。頼もしい次男坊は、手をさらに強く握りしめてくれました。それでもまだ私の心はふわふわとして落ち着かず、夢なのか現実なのかは、はっきりとせず、泣きたいとか、辛いとかとは遠いところに意識はあるようでした。今起きていることを受け入れる準備が、心にできていないのです。

ライフラインはすべて止まったままで、女川第一小学校は夜を迎えました。小学校にあった懐中電灯やろうそくが学校の先生方の手でかき集められ、校内のところどころに灯りました。あのお昼過ぎの大地震からずっと、何度も何度も震度3や4くらいの地震が来て、ガタガタと窓が揺れました。船酔いをしているような感じになりました。暗い中での揺れはさらに恐ろしさが増します。最初は小さな悲鳴を上げていた子どもやお年寄りも、いつしか声を上げることさえ疲れてしまったようでした。手元の携帯電話に目をやり、今度こそは繋がっているんじゃないかと淡い期待を持ちましたが、ずっと圏外のまま。雪はしばらく降り、校庭がうっすらと白くなっています。

皆がそれぞれに、連絡の取れない家族のことを話していました。

朝にならないことにはどうしようもないね、どうしようもない、とそれしか言葉が見つかりません。情報は遮断されました。女川町の防災無線さえも壊れたのだと誰かが言いました。そして、道路も津波で決壊したそうです。ＪＲ石巻線も人を乗せたまま線路からはずれて流されたそうです。そうだとしたら、おばあさんは戻るに戻れないでしょう。石巻で今頃、私達のことが心配でたまらないはず。三姉妹で一緒に避難できているならいいけれど。おばあさんのことだから、率先して避難所で子ども達の世話をしているかもしれません。

町一番の観光施設だった「マリンパル女川」も、女川町役場も津波で破壊されたらしい、と誰からともなく噂が流れてきました。

町役場は、立派な三階建てのコンクリートの建物でした。

逃げる前におじいさんが言った、「ここがダメなら女川は全部ダメだ」という言葉が頭の中で嫌に繰り返し聞こえます。だけどなかなかイメージがわきません。役場がなくなったことも、私達の家がもうないこともやっぱり信じられません。どうして女川だけこんなことになってしまったのか、なぜ私達だけがこんな目にあっているのか、わからないことだらけでした。おじいさんも同じ思いなのか、昇洋の手を握りながらぼうっと座っています。

避難しているほとんどの人が、着のみ着のままの格好だったので、夜になると寒さに震え出しました。波をかぶり、雪に濡れて命からがら避難してきた人もいました。学校の先生方が、災害用に準備していた毛布を配ってくれましたが、とても足りる数ではありませんでした。今頃、晃佑と雅生が寒い思いをしているのではないかと、そればかりが気にかかりました。夜が明けるまで、あと何時間あるのだろう、息子達の顔を思い浮かべては時計を見る、その繰り返しでした。

寒さを凌《しの》ぐために、教室のカーテンを切りましょうと先生のどなたかが発案し、私達にもバスタオルほどの大きさに切られたカーテンが配られました。そのカーテンに包《くるま》るようにして家族三人、校舎の渡り廊下の隅っこで固まるようにじっとしていました。カーテンが教室から剥がれてしまった分、空気はよけい冷たく感じられました。ろうそくを倒さないように、むやみに動かないように言われました。

津波で亡くなった人はいるのでしょうか。あれだけ大きな津波ですから、町民全員が助かったとは思えませんでした。きっと十人くらいは流されているんじゃないか、とおじいさんが言いました。工場の人達が心配です。工場を早退してからずっと同じものを着ていたので、ふと、自分のセーターから魚の匂いを感じました。工場の皆が、無事でありますように。

ろうそくの炎を見つめながら手を合わせるしかありません。

廊下は狭すぎる。体育館で休ませてほしい、と誰かが先生に掛け合っていましたが、体育館はいつ天井の照明が落ちてくるとも限らないから、危ない、ここで我慢してほしいと言われていました。先生方も辛いことだと思います。自分のご家族だっているでしょうに、こうして小学校が避難所になってしまったからには、子ども達はもちろん、避難してきた人達のまとめ役をしないといけないのですから。

おじいさんは、カーテンに包ってからはずっと目を閉じていました。持病の心臓病の薬も、もちろん持って来てはいません。発作が出てしまったらと思うと気が気でなりません。水道の水も出ない状態でしたので、喉が渇いてたまりませんでした。

夜も更けてきた頃、皆がざわめき、何かと思ったら、フライドチキンが配られました。近くのコンビニからの配給でした。

お母さんハイキュウってなあに？　初めて聞く言葉に昇洋が首を傾《かし》げます。

「みんなに食べ物が配られること。あ、食べ物じゃなくてもかな」

「お金を払わなくてもいいの？」

「こういうときは、いいのかな。善意で配ってもらっているから。お母さんも配給なんて初めてだから、わからないよ」

「ゼンイって何？」

「優しい気持ちのこと」

「中学生になったら習う言葉？」

「たぶんそうだね。来年の今頃は習っているかもね」

「楽しみだな、中学入ったら、サッカー部に入るんだ」

一家族に一個ずつ、冷えたフライドチキン。それでも、これは善意のチキンなんだねと三分の一ずつ、手でちぎって、おじいさんと昇洋と分けました。

「お母さん、晃佑の分、取っておかなくていい？」

「きっと晃佑もマー君も、今頃同じチキンを食べているよ」

ようやく昇洋は無言でチキンを齧《かじ》りました。その後、プラスチックに入ったやはり冷たいカレーライスが子どものいる家族に一個ずつ配られました。だけど、お箸もフォークもありません。手づかみで食べようにも、汚れた手を洗うこともできません。昇洋は逡巡《しゅんじゅん》した揚げ句、カレーに手をつけることなく、おやすみなさいと目を閉じました。

異様な光景でした。

普段はこの時間、無人になるはずの冷たくて暗い学校の廊下を、カーテンに包まれた人間達が埋め尽くしています。今すぐ朝になればいいのに、今すぐ携帯が繋がればいいのに、そしてこれが全部夢だったらいいのにね、ぼそぼそとそんな声が聞こえてきます。小さな揺れ、大きな揺れは不規則に起こり、ろうそくが倒れないかそわそわし、長い夜をさらに長いものにしました。

目を閉じれば、私達は皆で我が家の炬燵に入っています。冷蔵庫にはパンもおやつもたくさん入っていました。食べ盛りの三兄弟、いつも誰かが、「お母さん、お腹が減った」と言っている日常です。体が大きくてつい食べ過ぎてしまう雅生には、おやつを取り上げてしまうこともあったけれど、今度家に帰ったら、好きなだけ食べさせてあげよう。だけど冷蔵庫は、確か倒れていたっけ。食べ物は全部腐ってしまうでしょうか。

なぜか、腕や肩のあたりが痒《かゆ》くなってきました。ふと隣を見ると、おじいさんも、「なんか痒いな」と言って、手で掻《か》いていました。

ハッとしました。乾燥肌の晃佑が、よく痒がっている場所とおんなじところが痒いのです。今、晃佑が痒くてしかたないという感覚が、私達に伝わってきているのかもしれません。あの子は今朝、トレーナーの上に、薄いジャンパーを羽織って学校に行きました。そして、雅生も制服の上に、今日は厚手のコートを着て出て行ったかどうか。学校にはジャージーの体操着があるはずだけど、もう何度も洗濯したものだから、ぺらぺらになっています。

目を閉じれば浮かぶのは、息子達の顔ばかり。少しだけでも眠っておかないとだめだ。眠ればすぐに朝が来る。目を閉じるとまた地面が大きく揺れて、背中がゾクっとします。体力を温存して、明日の朝一番に雅生を女川第一中学校に迎えに行き、そして絶対に晃佑を探し出す。

そして雅生に、今起きてしまった状況をていねいに話してあげること。地震のこと。津波のこと。携帯も繋がらなかったこと。誰もこんな災害が起きるなんて知らなかったから、雅生にあらかじめ教えてあげられなかったこと。でも皆、大丈夫だということ。そして、抱きしめてあげたい。

雅生はきっと、私にこう聞くでしょう。

「お母さん、僕のピアノはどこなの？」

マー君のピアノももう、流されちゃった、壊れちゃったんだよと言ったら、雅生はパニックになるでしょうか。いいえ、ちゃんと残っているかもしれません。

まずは一緒に家に帰って、この目で確かめるしかありません。

何からどう話せばいいのかを毛布に包って考えるうち、昔の記憶が頭の中に蘇《よみがえ》ってきました。

第2章　雅生のこと、二人の弟のこと

おじゃる丸のような赤ちゃん、まさき

長男・雅生《まさき》が生まれたのは、一九九七（平成九）年一月二六日。冬晴れの寒い日でした。おばあさんが、いろいろな人に画数や漢字のことを相談し、「雅《みやび》やかに生きる」という意味を込めて、雅生という名前になりました。その名の通り、雅生は性格がおっとりで、お殿様みたいなところがあるようでした。ベビーベッドで眠る雅生に「おじゃる丸くん」とあだ名をつけていた記憶があります。

他の赤ちゃんより体は人一倍大きくて、太ももも腕もむっちり、頬はりんごのように赤く、黒目がちな大きな瞳は女の子みたい。どの親も、世界で自分の子どもが一番可愛く見えるというのは本当だったんだとおかしくなりました。

そして、とてもよく泣く赤ちゃんでした。産院にいたときから、他の赤ちゃんの倍ほどの時間も泣き通しなこともありました。他の赤ちゃんは、ママが抱っこするとたいてい数分で泣きやむのですが、雅生の場合、むしろ逆なのです。ベッドから抱き上げて、

よしよし、まさき、まさきと呼びかけると、嫌がるように大きな声になることもありました。泣き疲れて、ああやっと寝てくれたと思ったら三十分も経たずに、またすぐに目覚めてしまう……子育てが初めての私は、毎晩へとへとでした。看護師さん達も雅生ほど泣く子は珍しいと言いました。おばあさんに相談しても、「まあ男の子はそんなもんだよ、元気な証拠さ」と言われて終わりです。

雅やかな性格の分、気難しさもあるのかな？　繊細なのかな？　ちょっと内気なのかな？　そう思いながら、おっかなびっくり初めての育児をしていましたが、一歳を迎えても、雅生の泣く回数はほとんど減らなかったのです。もちろん、穏やかなときもあることはありました。他の子と遊ぶよりもひとりで遊ぶほうが好きなようで、大好きなおもちゃを手にすると、一言も声を出さずに何時間でも集中して遊ぶようになりました。そういった面では、手がかからないと言えなくもありませんでした。

言葉を覚えるのも、他の子よりも早かったのです。一歳半くらいから、「テレビ」「いぬ」「くるま」と、絵本や本物を前に一度か二度教えてあげると、すぐに覚えました。これには、おばあさんも大喜びです。

この子は絶対に頭がいい、末は博士か大臣か、だけどスポーツ選手なんていうのもいい、と得意げに親戚に話していたものです。立ち上がるのも、歩くのも、他の子よりも早かったものですから。

でもときどき、「ん？　ちょっと変？」という小さな違和感があったことも事実です。二歳を迎える頃になれば、成長が早い子は、「ママ、だっこ」「ママ、ねんね」「ワンワン、さわる」「アイス、たべる」といったように、自分の欲求を、単語を二個以上重ねることができるようになります。単語を覚えるのが人一倍早かったはずの雅生ですが、なぜかこうした欲求を口にしません。「しょうぼうしゃ」「でんわ」「すべりだい」「かもめ」「さかな」「ふね」というように、目に入った物の名詞はどんどん覚えていくのに、私に話しかけてくれる気配はありません。

三歳になる前にアルファベットも全部覚えました。まさき、すご〜い！　もっとABC読んでごらん、と私も少し得意になる一方で、やっぱり「人に何かを伝える」というそぶりが見当たらないことに、不安を覚えてきました。

私の話しかけ方に問題があるのかもしれない。話しかける回数が足りないのかもしれない。だから、絶え間なくたくさん話しかけていた時期もありました。

「まさき、そろそろねんねしよう」

「まさき、そろそろねんねしよう」

「おなか、すいた？」

「おなか、すいた？」

「もうおなか、いっぱい？」

「もうおなか、いっぱい？」

会話は、いつもオウム返しでした。私の口調やリズムをそっくりそのまま、再生するように喋りました。

「まさき、何が食べたい？　ごはん？　お味噌汁？　卵焼き？」

「ごはん、おみそしる、たまごやき」

雅生は大きな瞳をくりくりさせて繰り返します。私が正面からその瞳を覗《のぞ》いても、視線を意識することもありません。まったく別の方向を見ていることが多いのです。まるで私が見えていないかのように。

ねえ、ママの育て方が間違っている？

我が子の瞳に映った自分に問いかけます。家族に相談します。

だけどおばあさんだけでなく、お父さんまでもが、

「男の子だからあんまり小さいことで気にする必要はない」

「それは雅生の個性だよ。個性を大事にして育てよう」

新米ママ、がんばれよ！

そう私を励まして、終わり。確かに、個性豊かに、思う存分伸び伸びと育ってほしいと思います。この女川の海のように、おおらかに。

でも、本当にこのままでいいのかな？

だって今日は公園で、誰かが糸でんわを作って持ってきて、他の子は興味津々で集まっていたけど、雅生だけは無関心なままひとりで砂遊びしていたんだよ。眼の前でおしゃべりに夢中になっているお友達がいても、何も表情を変えなかった、それも個性のうちなのと、切々と訴えたこともありました。だけど、何に興味を持つか持たないかは、子どももそれぞれ違う。ちょっと心配しすぎなんだよママは、と言われれば、それもそうかなと思うのですが、翌日はまた自信を失う――私の子育てはそんな感情の繰り返しの日々でした。

音に対して敏感なことも少し気になる種でした。夜、ぐずり続ける雅生をやっと寝か

せて静かに階段を降ります。その私の爪先から伝わる小さなミシッという音に反応し、再び激しく泣き出すこともありました。食事の最中にスプーンが床に落ち、コツンと金属音を立てただけでも恐怖に怯えた顔になり、全身が固まってしまうこともありました。一方で、遊びに夢中になっている雅生に背後から声をかけても、まったく反応してくれないことの方が多いのです。何かに集中できるのはいいことだけど、ママの声も雑音のひとつとしか受け止めていないようです。

毎日が不安だらけで、戸惑う私におばあさんはイライラします。だけど本当にどうすればいいのか、知りたくて。誰も教えてくれないのが、もどかしくて。他の新米お母さんが私ほど大変なようにはどうも思えないのです。

もっとママって呼んでほしい。ママって笑いかけてほしい。この子にとって、私の存在は何だろう。泣き出す雅生につられて、うわっと私まで泣き出してしまったことも数え切れません。

そんな中、雅生が一歳半のとき。私のお腹の中に新しい命が宿っていることがわかりました。これは、「俺と同じ、寅年の子どもがほしい！」というお父さんのたっての希望だったのです。

傍《はた》から見ると、とてものんきなママに見えるかもしれませんね。子育てに悩んでいると言いながら、実は二人目だなんて、と。でも、この子はきっと、私の心を助けてくれる。家族に新しい光を降り注いでくれる。夜中、雅生をあやしながらもう片方の手でお腹を撫《な》でていたものでした。

まさき、お兄ちゃんになる

雅生が二歳になろうとする冬、次男の昇洋《のりひろ》が生まれました。眠れない夜が続き、心が不安定だった私からよくぞ無事に生まれてきてくれた！ それだけで幸せでした。

突然我が家にやってきた赤ちゃんに、雅生は怯えました。目を離している隙《すき》に、赤ちゃんを叩いたりつねったりしないか心配でしたが、そんな攻撃性はまったく見られませんでした。赤ちゃんの近くを通るとき、しばらくの間、雅生は目をつぶって歩いていました。どうやら視界に入らないようにしていたようです。怖くないよ、あなたの弟だもの。どうやったら雅生に、弟ができたことを教えてあげられるのでしょうか。

「マー君、マー君。ノリヒロだよ、弟ができたんだよ、かわいいね」

「おとうと、かわいいね」

「怖くないよ」

「こわくない」

「マー君、お兄ちゃんになったんだね」

「おにいちゃんになった」

瞼《まぶた》をぎゅっと閉じたままだったけど、力強くお兄ちゃん宣言をしてくれました。そして少しずつ、赤ちゃんのいる日常に慣れていき、心を開いてくれたようでした。


そんな頃、雅生は「熱性けいれん」という発作を起こしました。雅生を連れて買い物に出かけたときのこと。少し目を離している間に、そのお店に来ていたお客さんが、自分が飲んでいたコーヒーを、興味津々で眺めていた雅生に飲ませたそうです。そして、一口飲んだ瞬間、突然体を硬直させ倒れてしまいました。白目をむいて、顔全体もヒクヒクとおかしくなり、慌てて車で病院に運び込んだのです。


そこで診断された病名が、「熱性けいれん」でした。乳幼児の病気としては、別段珍しくはない症状ということでした。すぐに点滴をし、大事には至らなかったのですが、そのとき、看護師さんにこんなことを言われたのです。

「熱性けいれんはね、子どもの欲求不満から起こることもあると先生方は言いますよ。

お母さん、ちゃんとお子さんのことを見てあげてくださいね。下の赤ちゃんにばっかり気を取られているんじゃないの？」

子どもの欲求不満？　こんな小さな子がストレス？　毎晩の寝不足で不安定だった心に、その看護師さんの言葉がとどめのように突き刺さりました。そして、点滴を打って眠っている雅生を見て泣き崩れてしまったのです。

私はいつからか雅生に笑顔で接することができなくなっていました。その自覚はありました。ぐずるたびに、私も一緒になってぐずってしまう。息子が笑ってくれないと愚痴をこぼしてばかりでした。でも、じゃあ、私は笑っていたのかと気づかされたのです。そんな思いが通じたのでしょうか、その次の日から、雅生は明らかに私になつく時間が増えたのです。やはり雅生のちょっと変な行動は、私の接し方に問題があったのかもしれない、あらためてそう思った出来事でした。

しかしそれが引き金だったのでしょうか、雅生はその後も、頻繁に高熱を出すようになりました。そしてあるとき、三歳になった頃、病院の先生がこう言いました。

「三歳にしては、ちょっと言葉が遅すぎるかな。Ａ、Ｂ、Ｃとアルファベットは全部言えるのに、何も会話らしい会話ができないのは、気になるね。オウム返しばかりというのもおかしいね。一度専門家に診てもらいましょう」

　そして言われるままに、雅生を連れて、〈保健センター〉というところに診察に行ったのです。繰り返す発熱がとても気になっていたし、言葉が遅いことに対して何か具体的なアドバイスがもらえたら、と考えていた程度でした。いえ、アドバイスというよりも、「お母さん、まったく問題ないから、心配しなくていいですよ」とお医者さまの太鼓判をもらいたかっただけかもしれません。

　だからその診察で、

「三歳というのはまだ微妙な年齢ですし、個人差がありますから断定はできませんが」

　と前置きをされながらも、

「雅生君は自閉症の可能性があります。仙台に〈発達相談センター〉があります。一度そこで精密検査を受けてください」

　と言われても、まったくピンと来なかったのです。

自閉症と診断されて……普通じゃないってどういうの？

雅生はね、自閉症かもしれないんですって。

ちょっと麻疹《はしか》にかかったかもしれないんですって、というような口ぶりでその夜、私はあえて明るい素振《そぶ》りで家族に告げました。

皆がきょとんとしたのを覚えています。そしておばあさんは、ちょっと怒ったように言いました。

「安代、あんだ、そんな変なことを誰に言われたんだい？　こんなにごはんを食べて、他の三歳児よりもよっぽど立派な体格をして、声も大きくて、なあにが自閉症さ。どこのヤブ医者だ」

口数の少ないおじいさんも、そうだそうだと隣でつぶやきます。この前、雅生と公園で駆けっこしたよ、速いのなんの、もうすぐじいちゃんがかなわなくなっちゃうよ、と。

その言葉に安心したように、お父さんも強く頷《うなず》いていました。

そうだよね、私も力なく頷きました。

その翌日から、私は町の図書館に出かけ、「自閉症」「発達障害」と書かれたタイトルの本をこっそり借りてはページを開きました。なぜかいけないことをしている気分で、おばあさんには見つからないようにしていました。

もちろん、最終的には専門医の診断がなければいけないのですが、わかりやすい症状からセルフチェックできる簡単なテストがついている本もありました。確か項目はこんな感じでした。

＊抱き上げても、ママの目を見ないことが多い……………イエス
＊突然泣き出すことがしょっちゅうある…………イエス
＊泣き出すと、なかなか泣きやまない…………イエス
＊話しかけると反応をするが、言葉のオウム返しになる…………

もうやめ。

ページをめくるたびに、認めざるを得ない気持ちと、こんな大切なことを素人判断で

決めてはいけないと否定したい気持ちがごっちゃになります。

よかった、ほら、やっぱり雅生の症状とは違うじゃないの、と思える本が欲しくて、私は手当たり次第に別の本を開いていきました。そして、おぼろげながらも、自閉症というのはまだまだ未知の領域がたくさんある世界だと知りました。本によって書いてあることはバラバラで、「心の病」だというものもあれば、「生まれつきの脳の異常によって起こる障害」とあるものもありました。

何冊目かに手にした、少し古い本には、「自閉症は、親のしつけや教育方法が悪いと発症しやすい」と書かれてありました。きちんと育てていれば、絶対にならない病気であると。また、「小さな頃からテレビをたくさん見ている子は発症の可能性が高くなる」ともありました。

雅生はテレビが大好きな子でした。毎日飽きずに何時間でも見ています。コマーシャルも食い入るように見て、流れる音楽さえもすべて暗記しているときがあります。私はページを読む手が震え、その本を図書館に返すことさえできなくなってしまいました。知識と経験を得た今の自分だったら冷静に判断もできますが、あの一文を読んだときの失望感は今でもはっきり覚えています。

いまだに自閉症のことははっきり解明されたわけではないし、お医者さまや専門家の意見は、玉石混交のようにも思えます。症状も個性も人それぞれです。どの子に対しても「正解」の対処法なんてないのです。だけどその頃は、誰もが意地悪をして「正解」を教えてくれないような気がしていました。少し被害妄想だったところもあったのでしょう、その本を図書館にようやく返しに行けたのはそれから一年以上経ってからのことです。図書館の皆さん、ごめんなさい。

そんな中、何度か仙台市の施設に足を運び、カウンセリングやテストを受ける中で、診断が出ました。

広汎性《こうはんせい》発達障害。

初めて聞く単語でした。その定義は、『相互的な社会関係とコミュニケーションのパターンにおける質的障害、および限局した常同的で反復的な関心と活動の幅によって特徴づけられる一群の障害』と本には書かれていました。正直、ちんぷんかんぷんです。カウンセラーには「自閉症と多く重なる部分もある」と言われました。ほぼ自閉症と症状は変わらないけれど、以下の三つの特徴が顕著なのが、広汎性発達障害だそうです。

- 対人関係の障害（社会性の障害）
- コミュニケーションの障害（言語機能の発達の障害）
- イマジネーションの障害（こだわりのある行動、固執性）

戸惑いました。

まだ三歳の子どもに向かって、対人関係だとか、コミュニケーションだとか、そんなことを言い出して何になるのだろうと。人との関わり方なんて、誰しもが違うものですし、「あの人、ちょっと変」という大人はいっぱいいます。それと雅生の、何が違うっていうのでしょう。どうして、対人関係やイマジネーションという抽象的なものに対して、「障害」とくっつける必要があるのでしょう。聞きたいことはたくさんありましたが、うまくまとめられませんでした。その一方で、

「これは、心の病気ではありません。脳の障害です。お母さんの子育てに左右されるものではないのです。誰も悪くはありませんよ」

そう断言されて、少しだけ救われた自分がいたことも、事実です。

「どうしたら、治るのですか?」

おそるおそる、聞きました。

「治りません。治療薬も今のところありません」

お医者さまの言葉はキッパリしていました。面と向かってこう言われるのは辛いものでした。

「自閉症を含めて、こうした発達障害は一生治ることはありません。しかし、絶望することはないのです。雅生君の不安や恐怖をなるべく取り除いてあげて、安定した生活を送るための手助けと支援はできます。お母さんも、お父さんも、成人になるまで、いや

成人になっても可能な限り支援していく必要があります。相談窓口はたくさんありますし、自閉症でも、職業訓練を受けて立派に働いている人、結婚して家庭を築いている人はたくさんいます」

そう言われても、大人になった雅生をイメージできませんでした。明日からこの子とどういうふうに向き合っていけばいいのか、それをまず教えてほしかったのです。

「先生、これは病気というほどのことではなくて、この子の個性だととらえていいんですよね？　他の子よりもちょっとだけ個性的な子どもだって考えれば」

「普通が何かと言われると難しいですが、一般的なお子さんとは言いがたいかもしれません。雅生君にご兄弟は？」

「弟がいます」

「その弟さんと雅生君、子育てをしていて明らかに違うとは思いませんか？」

お医者さまのその言葉にハッとさせられました。

昇洋は、抱っこすると私の目を見ます。ママ、と目を見て、私に何かを伝えようとします。私の呼びかけに、必ず反応します。ほほ笑みます。夜通し泣くこともありません。理由がわからないかんしゃく行動もありません。

子育てに夢中で、兄弟二人を客観的に比べることなんてなかったのです。
「……そうですね。違います。明らかに違っています」
「それも雅生君の個性といえば個性です」

その後、何人かのお医者さまに診てもらいました。何度もカウンセリングを受けました。

そしてわかったことは、広汎性発達障害と自閉症、自閉症の中にも高機能障害とか高機能自閉症とか、いろいろ枝分かれしているのですが、このように病名が細かく分類されるようになったのはごく近年だということ。医師によってその見立てがだいぶ違ってくるということ。そして診断名が変わったところで、私達の雅生への関わり方は、何ら変わりようがないということ。

雅生は世界にただひとり、雅生だということ。

たくさんの相談所や病院をめぐり、幼い雅生のことを怯えさせ、疲れさせたと思います。そして私も疲れ果てていました。さまざまな質疑、たび重なる脳波の検査など、治らないとされているものを、一体誰のために通っているのか、わからなくなることもありました。だけど病院に行くことを、雅生は嫌がりませんでした。

「まさき。今日も電車乗るよ」

「でんしゃ、のる」

「電車好き？」

「でんしゃ、好き。いしのまきせん、せんせきせん、好き」

「じゃあ今日も電車に乗りに行こう」

「のりにいこう」

　ごめんね。

　ほっぺたを指で押すとニコッと笑います。雅生は四歳になると、少しずつですが、意思疎通ができるようになってきましたし、私に甘えてくれるようになりました。絵を描くのも上手でした。クレヨンでも色鉛筆でも、小さな手で上手に握って、車や電車の絵、そして大好きな交通標識のマークをとても緻密に描きます。いつのまに標識を観察していたのか、それは驚くほどでした。

東北本線、新幹線、仙山《せんざん》線に仙石《せんせき》線。仙台駅にはたくさんのホームがあって、たくさんの色の電車が走っています。電車を指差して無邪気にはしゃいでいる雅生は、どこから見ても、好奇心旺盛の普通の男の子。

「おうちに帰ったら、いっぱい絵を描こうね。今日はポケモンの絵を描こう」

「ポケモンのえをかく」

診察室で、緊張して体を強張らせていた雅生はどこへやら？　ふくふく丸いほっぺをさらに丸くして、笑います。今言われたばかりのややこしい診断結果なんてふっと忘れてしまいそうでした。

雅生が一生懸命、標識の絵を描いていると、おばあさんは、「今度は他の絵も描いてごらん。お父さんの顔を描いてごらん」というふうに催促します。だけど雅生は、描きたいものしか描きません。

あるとき、おばあさんから、「うちの家系にはね、私のほうもおじいちゃんのほうも、脳がおかしいなんて人はひとりもいません。だから雅生の病気は、安代の家系なんじゃないの?」と言われた日には、この子を連れて実家に帰ろうかとも思いました。

おばあさんは、雅生のことを可愛いと思いながらも、どうしても家族に自閉症がいることを認めたくない気持ちがあったようです。「厳しくしつければ、自閉症なんて治るんじゃないのかい？　昔はそうしていたものよ。昔はこんな子はいなかったよ」と言われたこともありました。反論しても、徒労に終わることが何度もありました。雅生を思えばこそ、そういう言葉が出てしまうおばあさんの気持ちもわからないではないのです。

そういったことの繰り返しで私は少しずつ強くなったのかもしれません。

以前であれば、雅生が夜泣きやかんしゃくを起こすたびに、どうして？　なんで？　と頭をぐるぐるさせていましたが、「泣きたいんだもんね、いっぱい泣きな」とゆったりと接することもできるようになりました。相変わらず、「マー君」と呼びかけても返事はしてくれません。だけど、お返事の声は返ってこないけれど、以前と違って、心は絶対に通じ合っているという確信が持てるようになってきたのです。

雅生の体はどんどん大きくなり、泣き声も比例してどんどん大きくなったけれど、「雅生、泣いていいから、もうちょっとボリューム絞って泣いてね」と頭を撫でてあげる余裕も生まれました。

そして、なんでもオウム返しのようにして言葉を覚えていく雅生ですから、子ども達の前では、せめて、きちんとした言葉を使おうと決めました。子ども達に一番教えておきたい言葉、人生でもっとも大切な言葉はなんだろうと、夫婦で相談もしました。

そしてその答えは、すぐに出ました。子ども達に一番知ってほしい言葉。それは、「ありがとう」です。

それから私達は、一日に何度だって、ちょっとしたことで、うるさいくらいに「ありがとう」と言うようになりました。お友達に親切にしてもらったとき。おじいさんやおばあさんに褒められたとき。そして、寝る前は必ず、「今日もいっちゃん（一日）ありがとう。あしたもよろしく」と言い合ってから布団に入るようにしました。

お返事、できた

病院通いも嫌がらなかったように、雅生はお出かけが大好きです。夕飯の支度の買い出しのときも、必ず私と一緒に近所のスーパーへ出かけるようになりました。

そして、目をちょっと離した隙にぴゅうっと走ってどこかに消えてしまう時期がありました。私が握った手を、全力で振り払って走り出すときの素早さといったら……そのたびに、スーパーに居合わせた人の中には、「なんとしつけの悪い！」という顔をして私をじろじろ見る人もいます。ときにはスーパーの外に飛び出して、失踪してしまうこともありました。おばあさんも、「安代！　これ以上、町中の人に我が家の恥をさらすことはないでしょう」と顔をしかめます。

そう言われても、運動神経がいいのはお父さん似でしょうか、速くて、昇洋をおぶっている私はなかなか追いつけません。やっとの思いでつかまえて、走っちゃダメ！　と怒鳴りつけると、今度はパニックを起こしてスーパーの店内にいる人全員に聞こえるくらい大きな声で泣いてしまったり。でも、そのおかげで町内では有名な子どもになりました。

こうして、たびたびあった雅生の失踪ですが、一度、町中が大騒ぎになったこともありました。自宅の玄関で昇洋の靴紐を結ぼうと、私が目を離した一瞬の隙に姿が見えなくなってしまったのです。

そのときは、たまたま道端で出くわした近所のお友達と一緒に裏山のほうへ行ったようでした。しかし、裏山でその子とはぐれたまま、その子はひとりで家に帰ってきてしまい、雅生は自分がどこにいるのかわからなくなったようでした。

どうしても見つからずに役場に電話をしたのは日没の頃。帰ってきたお友達から話を聞いて、消防団員や警察の方が裏山を捜索してくれました。私は自分を責めました。真っ暗になった山中で、「まさきく～ん」「まさきちゃ～ん」という声と懐中電灯の光が重なり合いました。皆さんが懸命に探してくれたことが、どんなにありがたかったことでしょう。どんなに申し訳なかったことでしょう。でも――雅生は名前を呼ばれても返事ができないのです。警察の方には事情を話しました。

「雅生は自閉症なので、聞こえていても何も返事をしないと思います。どう行動に移していいのか、わからない子なんです」

「そうは言ってもお母さん、黙って探すわけにもいかないでしょう！」

そうたしなめられ、私もありったけの声を張り上げて雅生を呼びました。反応はできない。でも確実に耳には届くはず。

お願い、返事をして。この声が聞こえたなら、ここだよ、と叫んで。裏山中に雅生を呼ぶ声がこだましました。

もしも、雅生が死んでしまったら。

町の裏山といっても、かなり急な勾配もあり、ツタが生い茂っていて、小さな子どもが足を踏み外したら転げ落ちてしまいそうな崖もあります。有刺鉄線の張り巡らされた鉄塔もあります。雅生はどこで、皆の呼び声を聞いているのでしょうか。ありったけの大きな声で泣き叫んで欲しい。ママ、ママと叫んでほしい。あの子はきっと今、怖くていたたまれずに自分の腕に必死に噛みついていることでしょう。

もしも、雅生が死んでしまったら、私も死のう。

夜が更けてきた頃、一報が入りました。山の裏手にある無人の小さな神社の境内でうずくまっていたところを、発見されたそうです。保護してくれた警察の方が、私にこう教えてくれました。

「雅生君は、名前を呼びながら捜索していた私に、はあい！　と大きな声でお返事をしましたよ。お母さんは、自閉症があるから返事はできないと言っていたけど、この子は、ちゃんとお返事できるじゃないですか」

はあい、と返事をした？　私には信じられない。そして信じられないほど、嬉しい。雅生は疲れきっていたのか、言葉も少なく、瞳だけが落ち着きなく揺れていました。

「マー君、返事ができたの？　返事をしたら、ほら、助けてくれる人がいるでしょう。ありがとうってお礼を言うの」

「ありがとうってお礼を言うの」

「そう、ありがとうございました」

「ありがとうございました」

そして雅生の目から大粒の涙が流れました。

私が思っているよりも、この子はちゃんと感情を持っているのだ。ただ、その感情をどう表現していいのかわからないだけなのだ。この日の出来事は、私にとっても雅生にとっても、生涯忘れられないものとなりました。

「怖い」がたくさんある子ども

それ以来、雅生は走ってどこか遠くにいなくなるということはなくなりました。あの無鉄砲さはどこへ、外にお出かけするときは私の体にぴったりと寄り添い、たとえば私がトイレに行っている間でさえ、ほんの数分でも姿が見えないと泣くようになったのです。

自閉症の子は、普通の子どもより記憶のフラッシュバックが鮮明だという説があります。衝撃を受けた経験は、事細かに記憶されたものが、たびたび鮮明に蘇ってくるのだと。あの真っ暗な裏山での数時間を雅生が心の中で何度も思い出して恐怖を呼び起こしているとしたら……この子は大きなトラウマを抱えてしまったのでしょうか。どんな景色が雅生の脳裏に映っているのでしょう。もともと音に敏感な子どもでしたが、あの日以来、雅生にとって耐え難い音色がひとつできました。女川町では毎日午後五時になると、町内放送でチャイムの音が流れます。失踪したあの日、雅生は裏山でそのチャイムを聞いたのでしょう。それ以来、午後五時は、雅生にとって恐怖の時刻となったのです。お買い物をしていても、美容院に行っていても、五時を知らせるチャイムの音が聞こえると突然落ち着きを失くすようになり、「帰る！　家に帰る！　チャイム鳴ったから帰る！」と泣き叫ぶ時期がしばらく続きました。そして、私の手を力ずくで引っ張ります。チャイムが鳴ったときに家の中に隠れていないと、また恐ろしい出来事が起きると学習してしまったのかもしれません。それでもどうしても外にいなければならないときは、両手で耳を塞ぎながらパニック状態に陥りました。小学校に入学してからも、それは続きました。

雅生には、たくさんの「怖い」があります。

一度、「怖い」と記憶にインプットされてしまうと、それが場所であれ、音であれ匂いであれ、なかなかその「怖さ」から抜け出すことができません。病院に行くことや髪を切ることなど、日常生活に深く関わることについても「怖い」と一度感じてしまうと、その拒み方たるや、見ているこっちが辛くなってしまいます。時間とともに忘れ去るということが難しいようです。だけど、どんなに親が見守っていてあげても、すべての「怖さ」を取り除いてあげることなど無理なのです。どうしてこの行為を怖がるのか、親がまったく理解できないときもあります。それを排除していこうとすれば、とにかく部屋に閉じ込めておけばいい、という極端な考えにも繋がりそうです。

「怖い」ものが何かを知り、それをひとつずつ、親子で克服していくこと。それが、雅生が大人になるために必要なことなのです。


雅生が四歳、昇洋が三歳になったとき、私は三男の晃佑《こうすけ》を出産しました。今回は、雅生はそれほど怖がることもなく、不思議そうに赤ちゃんを見ていました。

我が家はさらに賑《にぎ》やかになりました。三人の男の子と向き合う日々は、毎日がバトルです。上の二人を保育所に通わせました。当初、雅生は保育所から入所を断られたのですが、裏山事件があってから、お母さんの負担を少し軽くしましょうと保育所の先生方が相談してくださったらしく、急遽《きゅうきょ》入れることになったのです。雅生も少しずつ保育所のルールに慣れてくれたようでした。しかし、まだ夜は、眠ってくれない日が続いていたので、保育所から帰ってきてから、私やおばあさん、おじいさんが一緒に散歩に出かけるようになりました。自閉症の子にとって、歩くのは精神の安定になって良いことだと聞いたこともあり、たくさん話しかけながら散歩するのは、いつしか雅生にとって大切な日課になったのです。散歩をしながら、雅生は日々、小さな発見をしてくれます。近所の軒先に、昨日まではつぼみだった椿の花が咲いていたり、海の彼方《かなた》に夏らしい大きな入道雲ができていたりするのを、指を差して私に教えてくれることもありました。季節はめぐり、一日として同じ日はこの世界に存在しないことを、散歩をしながら体感してくれたと思います。

散歩が楽しかった日は、家に帰ってからするお絵描きの絵もなんだか生き生きしているように見えました。相変わらず交通標識や、車のナンバープレートは驚くほど鮮明に記憶していて、私を感心させましたが、その車の横には、ときどき、家族の笑顔も加わるようになったのです。ニコニコと笑う、二人の弟の顔を描いてくれたときは嬉しかった。私は絵を描くのは苦手なのですが、お父さんに絵心が多少あったようで、人間の顔の描き方は、漫画っぽいお父さんの描き方を真似して描いていたようです。日曜日など、お父さんに「何か描いて」と雅生はねだり、じっと隣でその描き方を観察しては、翌日にはお父さんが描いたものとそっくりなタッチで描くこともありました。

絵を描くことは、雅生にとっての大切なコミュニケーションツールなのかもしれません。言葉ではうまく表現できないけれど、彼の描いた絵を見れば、今日は何に興味を持って、何が楽しかったのか少しずつわかるようになりました。もちろん、まったくわからない日もあります。絵を描きなさい、と強請したことはないのです。基本はあくまで、雅生が楽しんで描くことにあります。それが家族の絵でも、交通標識でも、アニメのキャラクターでも、私は同じように「良くできたね」と話しかけます。二人の弟達も、お兄ちゃんが夢中で絵を描いていると、興味津々でそばによってきます。「おにいちゃんは絵が上手だね」と弟達にも話しかけます。

昇洋も晃佑も、雅生に対して嫌悪感や差別的な言葉を口にしたことは一度もなかったように思います。私が見ていないところで、いろいろと辛いこともあったかもしれません。でも、家ではいつもお兄ちゃんを立てて、テレビのチャンネル権や、ケーキやアイスクリームを選ぶ順番も年功序列、「最初に決めるのはマー君」、ということが当たり前になっていました。雅生がどうしても寝てくれず、夜中の二時や三時まで家の中でかくれんぼをしている夜も、二人の弟達は、おとなしく寝ていてくれました。そうした家庭環境を作れたのは、いろいろと意見の衝突はあったにせよ、結果的にはおじいさんとおばあさんと同居していたことが大きかった。特に三人兄弟になってからは、家庭内では、雅生が特別であることを意識せずに育てていたように思います。保育所でも、先生達の愛情たっぷりの教育を受けて、思いのほか順調になじめていました。ゆったり、雅やかな性格の長男マー君。少しずつ、彼との付き合い方を体で覚えていきました。

普通学級か？　特別支援学級か？

小学校に入学する前の年の秋に、子ども全員が受ける就学時健康診断というものがあります。この頃に雅生は、以前に言われた「広汎性発達障害」ではなく、明確に「自閉症」という診断で決定されました。

でももう、動揺することもありませんでした。むしろ、腹を決めた、というような気持ちでした。それまでは近所の方々や、ママ友の皆さんにどう雅生を説明していいのかわからなかったのです。あの子はちょっと違う、とはもちろん感じていたでしょう。このタイミングを好機と思い、周囲の方々にきちんと話しました。自閉症という病気のこと。ときどき、パニック症状になって嵐のようなかんしゃくを起こすこと。壁に頭をぶつけるといった自傷行為をするときに、お友達をちょっと驚かせてしまうこと。これからもきっと、ご迷惑をおかけすると思います、どうか雅生をよろしくお願いしますと、あらためてご挨拶《あいさつ》をして歩きました。

お母さんによって反応は十人十色でした。

「ちゃんと教えてくれて嬉しい。困ったことがあれば言ってね」と力強く励ましてくれる人もいれば、「そんな大事なこと、いきなり言われても困ってしまうわ」と下を向いてしまう人もいます。「ウチの子に危害を加えたりしませんか」と、迷惑そうな表情をされる正直なママもいました。

それは、仕方がありません。それだけ自閉症という病気は世の中からなんとなくタブー視されてきたし、もしも自閉症の人が近くにいても、見て見ぬふりをするという環境で少なくとも私達の世代は育ってきたのです。先にも書いたように、おばあさん世代になると、「育て方が悪い」で片付けてしまう人だっているのです。私だって雅生を生んでいなければ、自閉症や発達障害の人に対して理解のないまま一生を終えていたのかもしれません。

でも、自閉症の発症率は、高機能自閉症の人も含めれば、百人に一人の確率とも言われるほどです。特別なことでもなんでもないのに、やはり、周囲は特別な目で見てしまいます。

自閉症は、雅生の個性である。

診断を受けてからはずっとそうやって育ててきました。おそらく自閉症の子を持つ多くの親が同じ気持ちで子育てをしていると思います。そんな親達が大きな壁にぶつかるとき――それが、小学校に入学するときなのかもしれません。

先ほどの就学時健康診断と前後して、「障害がある」と診断を受けている子どもには、「就学相談を受けてください」という通知が市の教育委員会から送られてきます。つまり、あなたの子どもが入るのは、〈特別支援学級〉なのか〈普通学級〉なのか入学前に選択をしましょう、ということです。

このときの私は、迷うことなく雅生を普通学級へ入れるつもりでした。

保育所でもほとんど普通に過ごすことのできた雅生です。普通学級で勉強をし、お友達と揉《も》まれたほうが、先々、世の中と繋がる力が身につくはずです。それに、雅生の記憶力の良さや、計算の速さも伸ばしてあげたかった。もっと言えば、自閉症だからといって半ば自動的に「特別」という枠に押し込まれるシステムに多少なりとも抵抗があったのです。どういう教育を受けるのかを選ぶ権利は、本人と親にあるはずだと。

でも、その就学相談の場では想像以上に大きな壁が待ち受けていました。

保育士の先生、教育委員会の方々、教育長さん……最初は皆さん、こう訊《き》いてくれました。

「お母さんのお気持ちはどうですか？」

「普通学級を希望します」と言うと、「わかりました。お母さんの気持ちを優先しましょう」とおっしゃるのに、次の面談のときに、

「お母さん、そうは言っても特殊学級（当時はこういう呼び方をしていました。特別支援学級という名称になったのは、二〇〇六年に学校教育法が改正されてからです）のほうが自閉症のお子さんは伸びるんですよ」

と説得にかかるのです。あれ？　私の希望を優先してくれるんじゃなかったの？　——やり取りは、その繰り返しでした。

「お母さん、特殊学級のほうがクラスは少人数ですから、ちゃんと雅生君のことを見てあげられます」

「普通学級の児童とずっと一緒だと、いじめも起こりかねないし、自閉症のお子さんは、情緒不安定になりがちです」

「普通学級だと人数が多すぎるから、雅生君が困っているときに、担任の先生が気づいてあげられないことだってあります。その点、特殊学級では……」

そうこうするうち、お父さんが折れました。「特殊学級のほうがいいかもね」と。

何が雅生のため？　何が親のエゴ？　――――幾度も夫婦で衝突しました。

「せっかく自閉症のためのクラスがあるのに、なぜ雅生にわざわざ普通学級で苦労をさせる必要があるの？」それがお父さんの意見です。

確かに、特別支援学級よりも普通学級に入ったほうが、難しいことも辛いこともたくさん待ち受けているはずです。でもそれが世の中っていうもの。私達が年老いて、自然な流れでいけば雅生より先に死にます。親がいなくなっても雅生は、「特別枠」で誰かが一生見てくれるという保障はあるのでしょうか？　国が見てくれるというの？　それは本当に確実なことなの？　教育委員会の人がこう訊きます。

「雅生くんが得意なものは、なんですか？」

「絵を描くのがすごく上手です。あと、切り絵も上手です」

「それならば、やはり特殊学級のほうが好きなだけ絵を描く時間が与えられますよ。雅生くんの才能を伸ばしてあげることができます」

え～。それは違うよ。もちろん、声に出しては言いませんでした。だけど、違うと思ったのです。いっぱいいいろんなものを見て、出会いがあって、いろんなことを感じて、絵の世界は広がるはず。「お絵描きの時間です、何か描きましょう」と言われて描くよりも、友達と遊んだことや、ケンカしたこと、気持ちを動かされた物などを、家に帰ってから雅生の思いを込めて描くことのほうがきっと成長できるはずなのです。

保育士さんや教育委員会の人達が、長年の「経験上」特別支援学級を勧める気持ちも、わかります。騙《だま》す気持ちはないはずです。だけど、「お母さんの気持ちを優先」と言いながら頑として譲らず、お父さんから説得をし始めたことには、つい敵意をむき出しにしてしまったこともありました。どちらが折れるのか、何も知らない雅生をおきざりに、面談の時間はまるで我慢比べのようでした。

そして何度目の面談のときだったでしょうか、「そこまでお母さんが言うのなら、とりあえず一年生時だけは、普通学級で」ということで、話はようやくまとまったのです。

そして雅生は、晴れて小学一年生になりました。

嬉しくて、私はずっと泣き通しでした。同じ保育所から一緒のクラスになったお友達も何人かいたし、先生も大変よくしてくださったので、思ったよりもスムーズに普通学級の皆さんの中に溶け込めたようでした。いつも独り言をつぶやいたり、集団行動からはみ出している雅生に、最初は驚いたり、「うるさいから黙れ！」と言ってきた同級生もいたようですが、そういう子のほうが、後々、雅生に親身になって関わってくれたようです。お友達とやりとりをし、授業を受けていくことで、雅生はオウム返しではなく、少しずつ自分の気持ちを伝えていくこともできるようになりました。

「好き」の反対は「嫌い」ではなくて、「無関心」なのだとつくづく思います。「あんな変な子、大嫌い！」と声に出して雅生を非難していた子のほうが、実は雅生のことが気になっているということなのです。私も、授業参観など父母が集まる機会には、「ウチの子が何かお宅のお子さんを困らせたりはしていませんか？　大丈夫ですか？」と積極的に話しかけました。とにかく何でも指摘してほしかった。普通学級に入れた私には、そうしなければならない義務がありました。言いたいことを言えない雰囲気をクラスの中で作り出してしまうのは避けたかったのです。そうしたコミュニケーションを通して、仲良くなったママ友が何人もいます。今でもずっと仲良くしてくれている友達もいます。

中には、津波で行方不明になってしまったお友達もいます。

普通学級に入れると自分の意見を押し通したからには、とにかく、周囲の人に「やっぱり無理じゃないか」とは思われたくありませんでした。だから、送り迎えはもちろん、国語や算数の補習や、学校でのルールを教えることに、私は日々、全精力を費やしました。ランドセルの背負い方。横断歩道の渡り方。トイレの仕方。手の洗い方。体操着へ着替える順番。その合間に家事。次男と三男の送り迎え。根気よくやることで、雅生はどんどん覚えてくれました。

それは、目を見張るような成長ぶりでした。

初めての家庭訪問のときです。担任の先生から「普通学級に入れるなんて、雅生君の自立のことを考えているんですか」とストレートに訊かれました。

自立をさせたいから、普通学級を選んだのに、先生方の考えはまったく逆なのかなあとあらためて思い知らされた質問でした。先生にしてみれば、特別支援学級ならば、自立をするためのプログラムが組まれているのに、親のエゴで普通学級に無理に行かせていると見えたのかもしれません。普通学級に通わせることが、結果的に雅生の自立を遅らせることになると思っておられるようです。先生方にとって、やはり、私の選択は迷惑だったのでしょうか。私が雅生を過信しているのでしょうか。ここまでがんばっても、認めてはもらえないのでしょうか。

今思えば、誰にも否定されたくないという気持ちが強かったのです。はりきって、はりつめて、明日の雅生の時間割を頭に叩き込み、雅生と何度も予習をして、毎晩眠れるのは二、三時間くらいでした。ちょうどこの頃は、お父さんも出張ばかりでした。夫婦もなんとなくすれ違っていき、イライラが募って、おばあさんとケンカになることも何度もありました。どんなに私が疲れていても、おばあさんは「お味噌汁はだしの素じゃなくて、鰹節で作ってちょうだいよ、お母さんのくせに手を抜くんじゃないよ、安代」と言い張ります。手を抜いて、インスタントで出汁《だし》を作るとすぐにバレてしまい、怒られるのです。鰹節で出汁をとるよりも、今は雅生に教えたいことがたくさんあるんです！　そう言っても、「あんだね、ダメなものはダメよ」と譲りません。味噌汁の味と雅生とどっちが大事なんですか、と言い返したこともありました。

嫁姑ゲンカの後は落ち込んでしまい、ぺたっと膝を抱えて体育座りのようになり、床の上から動けなくなると、雅生がそれを真似て、私の横で同じ体育座りをします。いけない。雅生に余計なことを覚えさせてしまう！　体育座りを「お母さんが悲しいときにするポーズだ」と覚えさせてしまったら、体育の授業のときに嫌がってしまうかもしれません。

「まさき、せ～の、で一緒に立とうか！　明日の準備をしなくっちゃ」

「うん」

残った力を振り絞って、雅生と立ち上がります。

そんな私の様子を、校長先生はずっと見ていてくれたのでしょう。「お母さん、肩に力、入れないでね」。あるとき学校で、優しく話しかけられたのです。

その何げない一言に、急に泣きそうになったことを覚えています。

自閉症の子は、「かわいそう」?

普通学級へ通わせる——それは雅生にだけ、がんばりすぎた一年間でした。私が変わらなければ、雅生も変わらない。私が殻を破らなければ、雅生も成長できない。いつもそういう考えにとらわれていたと思います。そうこうしているうちに、次男の昇洋の小学校入学が待ち構えていました。

私は、しばし三人の息子の母親であることを忘れてしまっていたようです。気づけば、やんちゃな盛りのはずの昇洋は、とてもおとなしい、遠慮がちな男の子になっていました。家族の誰にも反抗したことがなく、あれ買ってとか、これが食べたいといった子どもらしいおねだりも、ほとんど言わないのです。

私は、雅生のことしか見ていなかったことに、はたと気がついたのです。

そこで私の気持ちは突然変化しました。

夫婦であらためて相談し、二年生からは雅生を特殊学級に行かせることにしたのです。

我ながら、勝手な親だと思います。あれだけ頑固に普通学級を望んでおきながら――悩みに悩んだ、進路変更でした。先輩のママ友達からの「普通学級にこだわりすぎないで、もっと先生方のアドバイスに耳を傾けることも大切なんじゃないの」というアドバイスにも背中を押されました。

この先、息子達が大人になって、私達が死んだあと、雅生を守っていかなければならないのは昇洋と晃佑、二人の弟なのです。結婚や就職で一緒に住まなくなったとしても、兄の存在は引き受け続けなければならない。それが昇洋と晃佑の宿命です。それなのに、母親の私がすべての時間と愛情を雅生にだけ注いでいたのなら、雅生の自立うんぬんの前に兄弟の絆が断たれてしまう。私はそれが怖かったのです。

昇洋と晃佑にもっと教育や愛情の比重をかけるには、雅生を普通学級で進級させるのは無理があると判断しました。

雅生と昇洋を同じ保育所に通わせていた頃。二人のお迎えなのに、雅生を追いかけるのに夢中で昇洋に一度も話しかけなかった道中が何度あったことでしょう。一番ママに甘えたい盛りに、必死に我慢をして堪《こら》えていた次男坊。ノリ君はしっかりしているね！人からそう言われるのは自慢でもあり、辛くもあり。寅年生まれなんだから、もっとやんちゃでいいのに。この子を孤高の子虎にさせてしまったのではと、彼がどんな小学生になるのか不安で仕方ありませんでした。保育所の先生からこう言われたことを思い出しました。

「お母さん、気をつけなさい。もっとよく見なさい。マー君じゃなくて、ノリ君のことをね」

がんばりすぎないこと。

心を常に柔らかくしていること。

三人の息子を同じように気にかけること。

それが、母親としての次のステップでした。

そして、二年生になった雅生は特殊学級へと進級しました。それでも普通学級に通っていた一年間はとても意味があったと思います。私達両親も、多くのことを学びました。あの一年があったからこそ、納得して特殊学級へと進めたのです。よりたくさんの先生と出会えたことも幸福でした。雅生を支援してくれる気持ちは同じでも、先生によっては一八〇度違った意見を持っていることもあって、親としては右往左往することもありましたが、振り返れば、どの先生にも感謝の気持ちしかありません。また、私が敗北感を何も感じなかったのは、女川第一小学校の星校長先生の優しいまなざしがずっとあったからだと、今になってわかります。

特殊学級に入ったからといって、普通学級とすべてが断絶されるわけではなく、一緒に挑戦させてもらえるカリキュラムも、思ったより多くありました。一緒にできることは、一緒にしてほしい、私は何度も学校にお願いに行きました。その願いを酌《く》んでくださり、雅生のランドセルは、二年生になっても普通学級に置かせてもらえることになりました。朝、普通学級に登校し、その後、特殊学級へ。だけど、図画工作や音楽など、無理のない範囲で普通学級の授業にも参加する。先生方も雅生にとても親切にしてくれました。

特に、雅生が四年生のときに他の学校から転任してきた佐藤先生は、雅生のことをいろいろ冒険させてくれました。江島《えのしま》という牡鹿半島沖にある島に、私の付き添いなしでお泊まり合宿に行けたのもその先生のおかげでした。「お母さんはついて来なくても大丈夫です」と言ってくれたのです。

「お母さんが同行してしまうと、それが雅生君にとって当たり前になってしまいます。お母さんなしでは出かけられない子になってしまうのは、望ましいことではありませんよね。たとえ失敗しても、挑戦することそれ自体が飛躍のチャンスです。僕達が見ているから、大丈夫」

雅生にとっての飛躍のチャンス。そう言ってくれた先生は初めてでした。あの裏山での事件以降、周囲に迷惑をかけないようにということを一番の優先事項として学校に通わせていた私です。だから、この言葉にどんなに背中を押されたことでしょう。大丈夫、とおっしゃってくださる先生が雅生のそばにいてくれるならば、「失敗したっていいじゃないか」と思えました。私と離れて夜を過ごせる日が雅生に訪れるのは、もっと何年も先のことだと思っていたのです。佐藤先生と出会ったことで、雅生はひとりでできることがどんどん増えていきました。そして、なんと、私の送り迎えなしで登下校もできるようになったのです。登校のときは、さりげなく昇洋も気遣ってくれました。

こうした雅生の静かな挑戦は、ときとして孤独に見えてしまうこともあります。キャンプやプールや休み時間など、子どもが自由に過ごしてもいい時間、ふと雅生が孤立してしまう瞬間ができるのです。孤立している時間を自立のチャンスと思うか、かわいそうに！　なんでお母さんがそばについていてあげないのと思うかは先生によって大きく意見が分かれるようでした。

あれは忘れもしない、小学校四年生の夏休みの出来事です。ひとりの登下校にも慣れた雅生を夏休みのプールに通わせていたのですが、面談のときに、担任の先生からこう言われたのです。

「夏休みのプールは雅生君がひとりで通っているみたいですが。なんでお母さんは付き添ってあげられないのでしょうか」

「それは三年生の頃からできていたことですし。ひとりでできることには、あまり親が干渉しないことも雅生にとって挑戦だって……そういう話を昨年、校長先生ともさせていただいたと思うのですけれど」

「ダメです、お母さんが付いていてあげないと困ります。こちらも責任は持てませんし、それに、雅生君がお友達から孤立して、ひとりで泳いでいる姿は、わたしはかわいそうで見てられません」

担任の先生は、私を責めるように眉をひそめました。

「先生、私だって、雅生のそばにずっと付いていてあげたいです。その方がこちらも安心です。でも、あえてひとりで通わせているんですよ。お友達から孤立していても、雅生は自分のことをみじめだなんてちっとも思っていないのです。ひとりで行動するのは、そんなにかわいそうなことなんですか。夏休みのプールは、雅生の意思で通っているんです。雅生がそうしたくて、しているのですから」

それでも先生は首をかしげたままでした。集団の中にひとりぼっちでぽつんといたとしても、お友達の声を聞き、笑顔を観察しながら、楽しんでいることだってあるのです。雅生には、雅生の楽しみ方があって、それは誰も否定できるものではないのです。

「そうは言いますけどお母さん。実は、うちの小学校では昔、障害のあるお子さんがプールの事故で亡くなっているんです。ご存知なかったかもしれませんが……そういう痛ましい事故を学校側としては二度と繰り返してはならないので、やはり雅生君の場合、父母同伴を前提でプールに来てください。これ以上、雅生君がひとりでプールにやって来るのは見過ごせません」

そんなこと、校長先生は一言もおっしゃらなかったのに……私は先生の言う通り、雅生に付き添うことにしました。しかし、後になってわかったのです。

プールの事故の話は、作り話でした。

ある先生が、担任の先生に「過去に事故があったと話せば、お母さんも納得して、あの子をひとりではプールによこさないだろう」とけしかけたことを、後になって知りました。なぜそんな嘘をついたのか、私は担任の先生に抗議しました。

「申し訳ありませんでした。でも、そういう話をしたのも雅生君のためを思ってのことですよ」――そんな謝罪をされたって、悔しくてたまりません。それが雅生のための嘘にはどうしても思えなかったのです。自閉症と一言で言っても、どの子もそれぞれ違う個性を持ち、物事を理解する度合いも違います。それをひとくくりに「障害者」「かわいそう」と見る先生がいる限り、雅生は、「かわいそう」という鎧《よろい》を脱ぐことができないのです。

「かわいそう」と指を差すことの意味。それが、誰のための言葉なのか。しばらく私はこの言葉に傷つき、悩みました。しかし、その先生も、私と学校側との板ばさみになって大変悩んでいたことを後から知りました。先生方のご意見が一枚岩であることはありえないと、そのときに実感しました。

思春期の戸惑い

小学校時代のもう一つの大きな壁。それは雅生が思春期を迎えたときでした。

雅生には、「気持ちのいい肌触り」がこだわりのひとつとしてありました。ふわふわのタオルや毛布をずっと触っているのが大好きなのです。これには、小学校二年生のときにクラスで飼った白いウサギの「うさきち」が影響していると思います。雅生はこのウサギをとても可愛がっていました。事情があって途中からある先生が自宅で飼うことになったのですが、その後死んでしまったのです。「うさきち」と別れた後も、雅生はときどき「うさきちはどうしてる？」と私に訊ねていました。いつまでも嘘をついているのもいけないと思い、あるとき、思い切って言ってみたのです。

「まさき、うさきちは死んじゃったの。もう会えないの。死ぬって、もう会えないってことなんだよ」

雅生がどこまで理解していたのかはわかりません。しかしそこからさらに、雅生は白くてふわふわのものにこだわりを強く持つようになりました。ウサギを撫でたときの記憶を思い出すように、心地の良い手触りのものを触り続けるのです。

そして、パンティーストッキングも大好きな触り心地のひとつでした。特に、ストッキングを穿《は》いている私の脚を触るときは心落ち着くひとときだったようです。

小学校も中学年になると女の子のファッションが華やかになってきます。ミニスカート姿の子も増えました。でも、まさか雅生が、同級生の女の子の脚を触るようになるなんて、思いもよらないことでした。

雅生君に脚を触られた！　という女の子たちが何人も出てきたのです。もちろん雅生にとっては、性的ないたずら心というよりも、小さな頃からの習慣の延長でしかなかったはずですが、女の子にとっては大変困った問題です。

こればかりは、どうにかしてやめさせないといけません。そのうち、学校だけではなくお店でも……雅生、これは犯罪だよ！　とても頭の痛い出来事でした。言って聞かせるものの、触り心地の良いものに触るのがなぜいけないのか、雅生にはわかりません。

先生方が、雅生のためだけに、ビデオを自作してくれました。脚を触ったり、じろじろ見たりすることは、女の子をとても嫌な気持ちにさせているということ。ときには、「女の子のスカートをめくるのは？」「×」「体育のとき足をじろじろ見るのは？」「×」「あいさつのとき、ニッコリ笑ってお返事するのは？」「○」といったような○×クイズで教えてもらったり。こうした細かなケアを受けられたのは、やはり、特別支援学級があってこそだと思います。雅生は繰り返しこのビデオを見て学習し、また、普通学級のクラスの道徳でも、雅生の件をきっかけとして、思春期特有の悩みをそれぞれが話し合うという授業が設けられました。私は、今までよりも肌触りのいいハンカチを雅生に持たせることにしました。

「雅生、女の子の脚を触りたくなったらこれを触って我慢するの、わかった？」

「わかった」

「そして、お家に帰ってきたらピカチュウの縫いぐるみをたくさん触ってごらん。ピカチュウなら、好きなだけ触っていいからね」

「わかった」

それがどこまで有効だったかはわかりません。性の目覚めがどういうものかは具体的にわからなくとも、雅生は今までとは違うフラストレーションを溜めるようになり、パニックになる機会も増え、今までにないほど自傷行為に走るようになりました。

昇洋は学校から帰ってくると、ときどき雅生の様子を教えてくれるようになりました。

「今日は、お兄ちゃんすごく泣いていたよ」「今日は、クラスの子に追いかけられていた」

「今日は、パニックを起こして、大騒ぎだった」。

「教えてくれてありがとう、ノリ。ねえ、お兄ちゃんが泣いていると、ノリは学校で恥ずかしい？　嫌な気持ちになる？」

「え？　なんで？　恥ずかしくなんかないよ。でも僕、何もしてあげられないときもあるから……」

「それは仕方ないよ。こうして教えてくれるだけで嬉しいよ。ありがとうね」

弟達は、そんなときも兄の不満を言うことは一度もありませんでした。

体格のいい雅生なので、第二次性徴、たとえばおちんちんに毛が生えるのも他のお友達より早かったようです。

「マー君、おちんちん見せて」とトイレでお友達にからかわれたり、追いかけ回されたりしたこともあったようでした。新しい長袖のTシャツの袖口が、家に帰ってくるときにはたくさんの歯形がついてボロボロになっていました。今日もパニックが出ちゃったんだ……そこで、「雅生、どうしたの？　この服、袖がボロボロになっているよ」と訊くと、追いかけられたことがフラッシュバックして、またパニックを起こしてしまいます。この頃になると、身長も体重も、私より大きくなっていました。

自分の体に起きている変化に、雅生の心がついていけていないようでした。私もこればかりは、うまく伴走ができません。

自閉症の子どもの才能って？

そんな思春期の戸惑いを大きく受け止めてくれたもの。それが、小学校にあったピアノでした。クラスでうまくいかないとき、パニックが起きそうになったとき、いつしか雅生は自分から教室を出て、別の部屋にピアノを弾きに行くようになったのです。先生方もそれを容認してくれました。雅生が音楽に興味を持ってくれるなんて、意外な驚きでした。家には楽器と呼べるものはお父さんのギターしかなかったし、クラシックを聴く習慣もありませんでした。歌も上手ではなかった。どちらかというと、今までは美術のほうに興味があったように思っていたので、先生から、雅生君はピアノが大好きですよ、と言われて初めて知ったようなものです。確か、保育所の先生も、「ピアニカを弾く指の動きがすごくいいですね」と言ってくれましたが、そのときは雅生も絵に夢中だったので、あまり気に留めなかったのです。

四年生の二学期あたりだったと思います。

「お母さん、雅生君にピアノを習わせてあげませんか」

「ピアノなんて、まさか…」

「でもお母さん、雅生君、このごろ楽譜が読めるみたいなんです。そんなにきちんと教えてあげたわけではないのですが」

担任の先生からの提案でした。うーん、男の子がピアノレッスンか……習い事をさせるならば肥満解消のためにもスポーツがいいなと思っていたので、あまり乗り気ではなかったのです。ピアノ教室は町内にいくつかありましたが、雅生のことを受け入れてくれるかどうかも心配でした。

「本当にピアノ習いたい？　お教室、通ってみる？」

「ピアノ習いたい！　ピアノ弾く！」

少年と青年のあいだで、ざわざわしている心が少しでも落ち着いて穏やかなものになるなら、それもいいかもしれない。また一歩、前へ進むきっかけができるかもしれない。私はピアノ教室に雅生をお願いしに行きました。

小さい町ですから、雅生のことはピアノ教室の先生もご存知でした。

「自閉症の子がピアノねえ。できるのかなあ、そもそも、落ち着いて鍵盤の前に座っていられるの？　それに、曲を覚えられるの？　いやあ、こういった経験はないんでね…」

やれやれという表情で首をかしげます。そう思われるのは、仕方がありません。

「ご面倒をおかけすることはあるかもしれません。音階とかリズムのピアノの基本を教えるのが難しければ…とりあえずとは思えません。自閉症の雅生が、いつも集中できる楽しく弾かせてもらえれば、雅生はそれでいいので、なんとかお願いします。上達することが目的ではないので、お願いします」

「わかりました。お母さんがそこまで言うのなら、やってみましょうか」

週に一度、という約束でどうにかこうにかスタートしたピアノ教室でした。「もう来ないでください」と先生から電話がくるような気がして、毎週気が気ではありませんでしたが、ピアノは雅生の心に寄り添ってくれたようです。

「お母さん、雅生君はメロディーを弾けるんですね、いや、驚いた。何も弾けないのかと思っていたから」

何回目かのレッスンの後、私が迎えに行くと、先生が目を丸くしていました。音階はもちろん、鍵盤の位置さえ教えてもらっていないうちに、雅生はどんどん自由に弾き始めたようです。ＣＤで聴いたジブリアニメの曲、テレビで聴いたＪポップ、学校で習った歌……何度か聴いて気に入った音をすぐに鍵盤で再現していたようでした。その音感と記憶力の良さに驚いて、ピアノの先生もやる気になってくださったようで、少しずつ、根気よく、ピアノの基本や楽譜の見方を教えてくださったのです。

雅生とピアノは、どんどん仲良しになりました。

私が知らない学校生活の中で、雅生が思わぬことに興味を持ったことが嬉しかった。そうした子どもの好奇心に気づいてくださるのは、先生方なのです。

先生方にも、それぞれ得意分野があります。絵の得意な先生、スポーツが得意な先生、音楽が得意な先生。私は、担任の先生が学年で替わるのは良いことだと思うのです。たくさんの先生とご縁を結ぶことによって、自閉症の子どもの隠れた才能を引き出してもらえることもある。私の発想だけでは、雅生にピアノを習わせることはありえませんでした。ピアノを習わせたら？　と提案してくださった先生に、感謝の気持ちでいっぱいです。思春期のもやもやした性の目覚めを、少しずつですが、音楽への目覚めに転化していくことができました。

それから数ヵ月後、電子ピアノを買い与えました。家族が集まる小さな茶の間が、ピアノの部屋になりました。本当は、学校の音楽室にあるような、もっと立派なピアノを買ってあげたかったけど、電子ピアノが精一杯。それでも雅生は大喜びです。

「雅生、今日はお教室で何の曲を習ってきたの？」

「今日は、エリーゼのために。ベートーベンのエリーゼのために」

雅生は鞄から『バイエル』を出して、ふうっと、深呼吸をするとピアノに向かいました。ぷくぷくと丸くて太い指から、あの甘くて可愛らしいメロディーが流れます。思春期に戸惑う男の子が弾く、淡い恋心の旋律。すてき！

「お母さん、今、胸がきゅんとしたよ」

「むねがきゅん？」

「すっごくうれしかった」

「うれしかった。お母さんじゃあもう一度エリーゼのために弾いていい？」

「弾いていいよ、すごく上手だね」

「ありがとう」

「ありがとう」

お兄ちゃん、すごい。すごいね。男なのにピアノ弾いてる！　晃佑がかぶりつくようにして、その演奏を眺めていました。

学校から帰ってくると、雅生は自分で時間を決めてピアノに向かうようになりました。

鍵盤を叩く雅生は何かから開放されたような表情になっていました。うまくおしゃべりできない雅生が、ピアノの音色を通して心の内を語りかけてくれているようでもありました。

楽譜を読めない私は、家で何一つ教えられることはなかったし、「練習しなさい」と言ったこともなかったけれど、それからというもの夕暮れ時に電子ピアノの音が聞こえるのが我が家の日常となりました。

私はその音色を聴きながら、夕飯の支度をします。

これには、おばあさんもおじいさんもとても喜んでくれました。

「家の孫はね、男の子なのにピアノが弾けるんですよ。モーツァルトだって弾けちゃうんだから。聴いてから帰ってくださいよ」

とおじいさんはお客さまが来るたびに言います。

おばあさんは、いつも見ていたテレビドラマの主題歌を、雅生が耳で覚えて弾くようになったので、その音に合わせて歌を口ずさむのが夕食前の楽しみになりました。

そして、こう言うのです。

「安代、ようやくわかったよ。自閉症っていうのは、普通の子にはできないような、いろんな才能を持っているってことなのね」

小学校に入る前、家族に自閉症がいることを認めようとしなかったおばあさんが、雅生のピアノを聴きながら、満面の笑みを浮かべて自閉症のことを語っているなんて、嘘みたい。

雅生、ありがとう。

橋本家に、幸せな時間が増えました。そして、数々の好奇心を育ててくれた学校の先生方にも、気まぐれな雅生に我慢強く教えてくれたピアノ教室の先生にも、感謝の気持ちでいっぱいでした。ピアノを弾くようになってから、雅生の袖口がボロボロになって帰ってくる日が、目に見えて減りました。

そして、小学校の学芸会。雅生はなんと、ピアノのソロコンサートをさせてもらえることになったのです。自分で曲目を考え、毎日一生懸命練習し、かつてないほど充実した日々でした。

本番直前、雅生は生まれて初めての「心地良い緊張」を覚えたようでした。今までの、パニック症状直前の緊張とは全然違う、人に期待されているからこその晴れやかな緊張感。雅生は夢中で鍵盤を叩きました。自分のために弾いていたピアノなのに、今日はこうして学校の皆さんが聴いてくださっている。

雅生、君は本当に今、幸せなんだよ。

皆さんが、心から拍手をしてくれています。見守る私達家族も、こんなに幸せな瞬間は初めてでした。「マーちゃん、アンコール、アンコール！」。そんな声援まで受けました。すべてを弾き終わると、雅生は会場の皆さんに向かい、大きな声で叫びました。

「ありがとうございました」

頬が紅潮しています。今まで見たことがないような、我が息子の表情。晴れやかな緊張感の後は、心地良い達成感。雅生がこんな素晴らしい気持ちを経験できる日が訪れるなんて。そして私も、母親としてこんなに嬉しい日はありませんでした。

雅生は小学校五年生のときと六年生のときに、このソロコンサートを経験させてもらい、そして、無事に女川第一中学校へ入学しました。吹奏楽部に入部しました。音楽があるからこそ、嫌がらずに進学できたのかもしれません。

支援の先生もついていてくれています。極力、普通の授業も受けさせてもらっています。私達が離婚し、お父さんと離れて暮らすことになってしまい、本当に申し訳ない経験させてしまいました。でも、三兄弟は日々成長してくれました。女川町が、ピアノが息子達を育ててくれました。

長い冬が終わり、梅の花が咲いて、この東北の港町にまた、いつもと同じ遅い春がめぐってきて、もうすぐ雅生は女川第一中学校の三年生に、昇洋は雅生と同じ中学校の一年生に、晃佑は女川第一小学校の五年生になるはずでした。

あの日、三月十一日にそんな平穏な予定は、すべて狂ってしまったのです。

第3章 ピアノが教えてくれた「ありがとう」

すべてが変わってしまった朝

三月十一日の夜は、間違いなく、人生で一番長い夜でした。永遠に夜が明けないのではないかと思ったほどです。一歩も外に出られずに何もできないし、情報がなくて何もわからないと、言葉だってなくなっていきます。

私とおじいさん、次男の昇洋《のりひろ》で体を寄せ合って夜が明けるのを待つしかありませんでした。繰り返しやってくる余震に、震えました。昇洋は何度もトイレと廊下を行き来していました。

この本の出版社の人とか、その後、テレビの取材などに来られた方は、決まってこの夜の心境を聞きたがります。あの夜は怖かったでしょう、あの夜はさぞお辛かったでしょう、というふうに。でも、怖いとか、辛いとか、そういうハッキリした感情が、この夜から数日はなかったのです。もっともやもやとしたものしか、なかった気がします。心が事実を拒否しているとでもいうのでしょうか、思考に霞《かすみ》がかかっているような状態でした。そうした心情は、私だけではなかったはずです。

避難所の皆の口癖は、「夢だったらいいのにね」。

小さな子どももお年寄りも、異口同音にそう囁《ささや》き合っていました。ぜーんぶ夢だよ、と力なくほほ笑むお年寄りもいました。夢にしては長すぎるなあ、そんな感じでしたから、号泣している人とか叫んでいる大人は、少なくともこの避難所にはいませんでした。

そしてようやく、この世で一番長かった夜が、明けようとしていました。夢が覚めずとも、夜は明けたのです。

だけど、私達のかすかな希望はなかなかかないませんでした。

三月十一日の翌日、十二日は、あまりにも余震が続くため、避難所である女川第一小学校から外へ出ることは誰も許してもらえなかったのです。雅生《まさき》と晃佑《こうすけ》とは、会えずじまいでした。

探しに行くことが許されないなんて、一体外はどんなことになっているのか、校舎の中では何もわからずじまいでした。避難所にいた大勢の人達が同じ思いだったことでしょう。「圏外」のままで、何度も何度もいじっていた携帯はそろそろバッテリーが切れそうでした。雅生が女川第一中学校に避難しているという情報は確実性があり、私達は安心していました。気がかりは晃佑です。私とおじいさんは、避難所にいた晃佑の同級生やそのご家族に、「昨日、ウチの子を見ませんでしたか？ 何か噂を聞いていませんか？」と聞きまわることしかできませんでした。そこかしこで、多くの人が家族の消息を聞きまわっています。夜が明けてわかったのは、ほとんどの家族が誰かしらを探しているということでした。

三月十二日の午後になっても、情報は相変わらず遮断されていました。そのかわりに、津波でどこそこが流された、もう町立病院も利用できない、あの人が流されていくのを見たといった、イメージの伴わない噂が次から次へと伝わってきます。亡くなった人も相当いるのではないかと。そんな噂から耳を塞ぐようにして、晃佑の手がかりを聞いてまわりました。

ただとにかく、晃佑の行方です。ようやく探し当てたお友達のひとりがこう教えてくれました。

「津波のちょっと前、コウちゃんは家のほうに帰っていったよ」

足がすくみました。「おかあさん」と呼んでいる声が聞こえました。

あれは四日前でしょうか、私は、晃佑と一緒にお風呂に入ったときの会話を急に思い出したのです。お風呂の中で、偶然にも地震の話をしていたのです。いえ、偶然とは言えません。そういえば、震度2や3の地震が、二週間くらい前から女川では断続的に続いていたのでした。

晃佑は湯船に浸かりながら、髪を洗っていた私にこう訊きました。

「ねえお母さん。なんでこんなに地震があるの？　もっと大きな地震が来たら、家が潰れちゃう？」

「そうだねえ。大きいのが来たら、潰れちゃうかもしれないね。ウチさあ、古いからね」

「津波も来るの？　避難訓練のとき、津波の勉強もしたんだよ」

「どうかなあ。でも、津波はここまでは来ないよ。第一小学校までももちろん来ないよ。ウチも海から一キロくらい離れているから、そんなに心配しなくても大丈夫だよ。地震が来たときに、海のそばにさえいなければ」

「ふうん。じゃあ、だいじょうぶか。おじいちゃんもだいじょうぶって、言ってたもんな」

ああ！　なんて甘い言葉を言ってしまったのでしょう！　どうしてあのとき、私はあの子に教えてあげられなかったのでしょう!

「地震が来たら、どこにいても、誰といても、すぐに高いところへ、高いところへ走って逃げてね。もしもひとりで外にいたら、お家に帰ろうとしちゃダメだよ。とにかく上へ上へと逃げるんだよ。とにかく生きるの、逃げて生きるの」

神様――これが夢ではなくて、避けられない運命だというのなら、せめて四日前に戻って、あの子にそう言い直すことができたなら!

どこからかラジオが聞こえてきます。停電は相変わらず続いていましたが、電池式の無線ラジオをつけてくれた人がいました。『三陸地方、全滅です。今回の津波による犠牲者は千人、いえ、二千人、とも言われています。引き続き、余震に注意してください』。それに続いて、福島第一原発事故のニュースが流れました。地震? 津波? 原発? 自分達が今、何に巻き込まれているのかももはやよくわかりません。

ラジオから聞こえるのは、遠くのニュースばかり。石巻やここ女川の状況、人々の安否の情報は一切聞こえてきませんでした。そしていつ電気がつくのかも、携帯が繋がるのかも、教えてはくれません。

三月十二日は結局何も前へ進まないまま、悪夢のような夜がまた訪れただけでした。

この夜、ようやくペットボトルの水が配られました。もう唾液すらもうまく出てこなくて、喉が渇いていましたが、次にいつ配給が来るかはわからないので、ほんの少しだけ口に含みました。しかも、トイレは使用することはできても流れません。なるべく回数は減らしたかったのです。女川第一小学校には、近くの老人ホームの人達も避難していたので、寝たきりの人も多く、この寒さで病気が蔓延しないかと誰もが不安に陥りました。お年寄りにとっては命を削るような生活です。それでも、見ず知らずの人同士が、小さなタオルひとつ、靴下ひとつを譲り合うような光景が見えました。避難所の二度目の夜は、もうあまり、「夢かもね」という言葉は聞こえなくなっていたかもしれません。だからといって、激しく気持ちを動かされることもなく、いっそのこと、うわーっと大声で泣けたなら、何かが見えてきそうだけれど、不思議と涙は出ないのです。

三月十三日がやってきました。配給の量は安定してきました。朝、この前のことを思い出させるような、とても大きな地震がありました。もう一度大きな地震が来たら、今度はここも危ないだろうな、と誰かが言いました。泣くこともできないし、感情的にもなれないけど、ぼんやりとした死の覚悟みたいなものも、どこかにありました。小さな子どもの泣き声は、多くなりました。嘔吐し続けている子どもや、高熱に苦しんでいるお年寄りなどが増えて、この避難所の人間達のエネルギーはどんどん奪われていっているように思いました。

体が痒いと泣く子どもも、もう菓子パンなど見たくない、うどんや汁物が食べたいとつぶやいている大人もいました。雅生と晃佑はお腹をすかせているでしょうか。

その日の午後、やっとです。やっと、外出許可が出たのです。

私は無我夢中で、避難所にいた子が教えてくれた、晃佑を見たという場所まで行ってみました。

何もありませんでした。

そこは茫漠とした、まるで焼け野原でした。灰色の町でした。何かが焼け焦げた匂いと潮の匂いが混ざるようにしてあたりに立ち込めていました。あんなに美しかった女川の町は一体どこへ行ってしまったのか。複数のヘリコプターの音だけがけたたましく聞こえます。瓦礫《がれき》になった町の上空を旋回しています。

空のヘリコプターに向かって叫びます。そこから、ウチの息子は見えますか！

気づけば、そこかしこに自衛隊の車が止まっていました。自衛隊の人達がいました。

救護車もいます。

　焼け野原で、おそらく遺体を探しているのです。

　晃佑、死んじゃったのかな。波にのまれちゃったのかな。お風呂で私があんなこと言ったから、家に戻ってしまったのかもしれない。お母さん、晃佑に何もしてあげられなかった。

　重い足取りで避難所に戻り、だけど居ても立ってもいられずに、他の避難所を探そうと立ち上がったときでした。

「お母さん、晃佑君のお母さん！　晃佑君、生きています。お友達のお父さんに避難させてもらって無事です。今、他の避難所に情報が入ったそうです」

　全身から力が抜けました。

　それから数時間後、三男・晃佑が私達の避難所へ来ました。泣きもせず、笑いもせず少しおどけた、少しやつれた表情で、私達家族の三人の顔をゆっくりと見回しました。

　晃佑は、私が死んでしまったと思っていたそうです。

　津波で何もかもが流されていくところを目撃していたので、港の工場にいた私は、絶対に助からないだろうと思っていたそうです。流されていった人を、たくさん見たそうです。晃佑のスニーカーは、泥だらけになっていました。手も足も、冷たくてカサカサしています。だけどハンドクリームひとつ塗ってやることができません。

少し落ち着いてから、ぽつんぽつんと、と晃佑が話し始めました。

もう会えないかなって、思った。お母さんの工場、海のところだし。僕も、たまたま友達のお父さんに助けられて、助かって、お母さんもたまたま工場を早退して助かったんだね。僕らは、たまたま、生きられた。

小学生の息子がそう言うのです。

「あのね、お母さん、津波から逃げるとき、ランドセル置いてきちゃった。教科書も入っていたけど。たぶん、海に流されちゃったよね。ごめんなさい」

おじいさんが泣き出しました。そうしているうちに、福島第一原発から放射能が漏れたということで、マスクが配給されました。女川原発に長く勤めていたおじいさんは、「放射能が漏れるなんてありえない。えらいことになんないといいけどな」と言いながら、何度も遠くを見ていました。

そして、ようやく三月十四日。雅生と再会することができました。

石巻で避難していたお父さん（元夫）が、雅生を避難先の第一中学校から連れて来てくれたのです。第一中学校から私達が避難している第一小学校までは、歩いて二〇分くらいです。だけどこのときは、瓦礫や泥で、倍以上の時間を歩いてきたといいます。複雑な感情はありましたが、元夫がこうして子ども達のために親らしく振る舞ってくれたのは、ありがたいことでした。

雅生は中学校で皆とがんばっていたらしいよ、パニックも起こさずに、ずっと我慢ができていたって先生が褒めていたよ、とお父さんが教えてくれました。ここまで来る途中も、やけに冷静だったんだ。雅生、大人になったな。

ふだんは、丸くて血色のいい雅生の頬がぐんとやつれていました。目の下にクマがありました。

私は抱きしめてあげることしかできませんでした。雅生はお父さんに連れられて、きっと、いつもの我が家に帰れると思ったに違いありません。だけど、家族が待っていたのは住み慣れた家ではなく、雅生の母校、女川第一小学校でした。雅生がこの理不尽さをどこまで受け入れることができるのか、私にはわかりません。だけど、しばらく、ここにいるしかないのです。

もう一度強く雅生を抱きしめました。雅生、お母さんがいるから、絶対にお母さんがあなたを守るから、心配せずにここにいよう。

「おかあさん、地震がきたの。大地震がきて、みんなで避難したの。避難して真っ暗になりました。停電ですって先生が言いました。真っ暗だったので、オレンジ色のろうそくをつけて皆で寝ました。体育のマットに寝ました。ぼく、泣いてません」

「雅生、えらかったね。皆で寝たのね。本当にえらかった」

「はい。校庭に津波が来ます、だから、皆で避難をしました」

「生きて、会えたね」

「生きて、会えました。おかあさん。おとうさん。のりひろ。こうすけ。おじいちゃん」

「みんなで雅生のこと、待っていたんだよ」

「おばあちゃんはどこにいますか」

雅生は「死」というものがどういうものなのか、ちゃんと理解はしていません。

お父さんは、雅生を私達の元に連れて来てくれるとともに、悲しいニュースも運んで来たのです。おばあさんは、石巻の車道で、車の後部座席に座ったまま亡くなっているのを、十三日に自衛隊が発見したそうです。三姉妹揃って、車に座ったままで、天国に旅立ってしまいました。遺体は、石巻市内に仮設でできた遺体安置所に安置されているそうです。

「おばあちゃんはどこにいますか」

「津波が来てね、津波で、天国に行っちゃったんだって」

「てんごくってどこですか？」

「空の向こう」

「そらのむこう。おばあちゃんは、いつかえってくるんですか」

「もうね、帰っては来られないけど、空の向こうから、雅生のこと、見ているって」

「それはぴーちゃんのところですか」

「そうよ、そう。ぴーちゃんのところにおばあちゃんも行っちゃったんだって」

「ぴーちゃんと一緒にいるんですか」

「そうだね、今頃、ふたりでお茶を飲んでおしゃべりしているかもしれない」

ぴーちゃんとは、このあたりの方言で、曾祖母のことを言います。雅生が生まれてから、家族の誰もがぴーちゃんと呼んでいた、おばあさんのお母さんのことです。

雅生が肉親の死を体験したのは、小学校六年生のときです。おばあさんの母、つまり雅生にとって曾祖母にあたる、「ぴーちゃん」のときが唯一の経験です。

同じ家に住んでいたわけではないのですが、ぴーちゃんは、お嫁に来た私のことを、まるで本当の孫に接するみたいに心底可愛がってくれました。

「やすよちゃん、まさきの子育てこわいでしょう（疲れたでしょう、という意味）。何かあったら、なんぼでもわたしのとこさ、来るんだよ」

私は、年をとっていればいるほど、自閉症児に対する理解がないと思っていたときだったので、ぴーちゃんの垣根のない優しさは、本当に嬉しかった。おしゃれな人で、バッグとかスカーフとかを、落ち込んでいる私に、ときどき「はい、これ使いな」とプレゼントしてくれました。ぴーちゃんの言うことは、不思議となんでもすとんと胸に落ちたのです。

そのぴーちゃんが九四歳で大往生したのが、雅生の小学校の卒業式の翌朝のことでした。

「子ども達には遺体を見せないほうがいいのではないか」という意見もありましたが、

きちんとお別れをさせたくて、死化粧をする前のぴーちゃんの死に顔を、三人に見せました。死んだからって近寄らせないなんて、ぴーちゃんがあまりにもかわいそうです。息子達は、何度も何度も白い布をめくっては静かにそのお顔を見つめていました。お葬式のとき、家族は泣いていたけれど、雅生は泣きませんでした。パニックも起こりませんでした。ただ、その後しばらくのあいだ、「ぴーちゃんはどこですか？」「ぴーちゃんもういないのですか？」と訊いてきました。

死がどういうことを意味するのかは理解できなくとも、もしかすると、「もう会えないもの」だということを、雅生は漠然と把握しているかもしれません。

これは後から聞いた話ですが、地震直後、石巻の教会で被災したおばあさんは、「孫達が心配だから今すぐに帰らないと」と、避難したほうがいいと言う人達を振り切って、車に乗ったそうです。

私がその頃、貴重品を入れて、家から慌てて持ち出したバッグ。これが、おばあさんの形見となってしまいました。このバッグは、ぴーちゃんが娘のおばあさんに、そしておばあさんが、私にくれたものなのです。三月十一日の朝、最後に、おばあさんとどんな会話をしたのかも覚えていません。なんでもっとちゃんと顔を見て、おはようと言わなかったのだろう。なんでもっといろいろ教えてもらわなかったのだろう。まさかこんなに突然、おばあさんと会えなくなるなんて考えたこともありませんでした。

おじいさんは何も言わず、カーテンに包ったままです。

おじいさん、すごく痩せました。

だけど、おばあさんの死をゆっくりと弔う心の余裕さえなかったのが本音です。三日、四日、五日と経過していくたび、想像できない数の死者数が発表され、身近な人達の訃報が絶え間なく届きました。他の避難所や地域から大勢の人が家族を探しにやってきては、尋ね人の張り紙がメッセージボードに増えていきます。三日目あたりから、地元の新聞の河北新報が避難所にも届きはじめ、ようやく状況が見えてきました。三月十五日の新聞には、「石巻市・女川町の半島全体で遺体が１０００人を超える」という記事が出ていました。

それと同時に、発見された亡骸《なきがら》の数もどんどん増えていき、身元不明遺体の手がかり一覧の紙も避難所の壁に張り出され、その周囲には人だかりができました。身元不明遺体を一時的に収容している女川運動場や、石巻体育館まで、家族を探しに行くためのバスが行き来するようになりました。

これ以上残酷な小旅行があるものでしょうか。

「お母さん、あのバスはどこに行くんですか？　僕達は乗らなくていいんですか？」

答えてあげることができませんでした。

避難所で、死はおそろしく身近にありました。家族の遺体が見つかっても、葬儀さえもできない状況です。とりあえず土葬にして、でも、遺影にできる写真さえも流されてしまって、ないのです。もちろん、おばあさんも土葬にするしかありませんでした。

あれは、何日後のことだったでしょうか。

皆で、家を見に行くことにしました。雅生がどう反応するかは心配でしたが、でも、現実を見せないことには家族が前に進めないような気がしました。

我が家は、見事に屋根が潰れてペシャンコになっていました。息子達の思い出の写真も、電子ピアノも流されました。泥だらけになった楽譜の表紙が、瓦礫の隙間から見えました。三月十一日のあの地震の直後、ここは大丈夫、この場所は眺湾荘だから、と言っていたのが嘘のようです。夢だったのは、もしかすると三月十一日、あの地震より前の時間。そして現実が、今目の前に広がっているこの景色。

ふと振り向くと、町が消えたぶん、海がぐっと広く見えました。カモメが鳴いています。空は晴れわたっていました。早春の青い空と青い海が広がっていました。

あるのは、空と、海と、命だけでした。

「雅生、ピアノ流されちゃったよ」

雅生は、すぐに答えず、しばらく黙って我が家の跡を見つめていました。

「ピアノもう弾けないんですか？　ＣＤは？　ぼくのＣＤはどこですか？」

雅生がお年玉やお小遣いを集めて買っていたもの。それはたくさんの楽譜やＣＤでした。

「そうだね。しばらく我慢しないといけないね。雅生だけじゃないんだよ。皆、我慢しているんだよ」

「お母さんも我慢していますか？」

「うん、我慢しているよ。だって雅生にピアノを弾かせてあげたいもの。三人に、美味しいものを好きなだけ食べさせてあげたいもの。でもできない」

「お母さん、ぼくのピアノは流されて、どこに行ってしまったのですか?」

「海の向こう。もしかしたら、おばあさんのところにあるのかもしれないね」

そのときです。お母さん、見て!　晃佑が瓦礫の中から一枚の写真を見つけてきたのです。

それは、お仏壇に飾っていたぴーちゃんの写真でした。

命だけは、ある。ぴーちゃんやおばあさんが守ってくれた、家族の命が、ある。

「雅生、あのね、絶対にまたいつか、ピアノが弾けるようになるから。だから、その日までは、わがままを言わずに、がんばらないといけないね。がんばらないと、亡くなってしまった人達に申し訳ないです」

「申し訳ないです」


そう考え始めると、生きるということも、今までとはまったく別の重みを持つようになりました。

最初の三日間くらいは食事の配給は一日一回でした。こっそりと二重取りがないように、食べ物をもらった人は爪に印をつけられる避難所もあったということです。不思議とお腹は空きませんでしたが、何せ、水道が止まっているので、好きなときに水分の補給ができず、喉がカラカラに渇いていました。

自衛隊の人達が、校庭に仮設トイレを作ってくれました。トイレは、学校内の貯水池の水をあらかじめバケツで汲んで、それを流すことになりました。下着や靴下の配給が来たのも一週間あたりからやっとでした。校庭に作られた、ビニールプールのような簡易風呂に入浴させてもらったのは、十日後あたりでしょうか。

その頃、当初避難していた老人ホームのお年寄り達が集団で他に移動することになり、我が家も廊下から移動をし、弟二人が図書室で、そしておじいさんと雅生と私は、畳のある教室で避難させてもらえることになりました。

お友達から、布団の差し入れも、あたたかいおにぎりもいただきました。ごはんのあたたかさに、涙が出ました。それまで、菓子パンやウエハースばかりでしたので、食べ物のあたたかさ、というものに本当に久しぶりに触れた瞬間でした。昇洋がお世話になっている、地元のサッカーチーム・コバルトーレ女川からは、手作りのさつま揚げが配られました。揚げたてのさつま揚げを久しぶりに食べたとき、心からほっとしたのを覚えています。美味しいという感覚が数日ぶりに蘇ったのです。

今まで当たり前に使っていた生活用品のひとつひとつが、配給でもらえるたびにどんなにありがたかったことか。

「雅生、おにぎり、あったかいね。あったかいものは、おいしいね。ありがたいね。ありがとうって言おうね」

「………」

雅生の精神バランスは、ギリギリのところまで来ていました。

胸の内は経験したことのない不安と恐怖で、張り裂けそうになっていたはずです。いつもとは違いすぎる環境、予測のできないスケジュール、おばあさんの不在、そして、知らない人から向けられる白い目や戸惑いの表情……あとほんの少しバランスを崩したら、雅生の心は粉々に砕け散ってしまいそう。でも、どうすればいいのか、わかりません。

今まで、空腹を我慢したことなど一度もない雅生です。

独り言が増え、ときに手や足が強張ります。目にはいっぱい涙を溜めています。

「おかあさん！　おかあさん！　ＣＤがなくなったの！　ＤＳもなくなったの！　いつ買いにいけるの！　いつ買うの！」

とむやみに大声を出すことも増えました。すみません、実はこの子、自閉症なので……周囲の方々に頭を下げます。すみません。なるべく気をつけます……。だけど今は非常事態。皆さんも精神的に参っています。ひとつでもストレスは少なくしたいはずです。家族を失くした人や、まだ見つかっていない人もたくさんいます。誰もが疲れすぎています。そこに、ＣＤを買ってとか、ニンテンドーＤＳがない、おばあちゃんはどこですか、という言葉はあまりにも空しく響いたと思います。

またかよ！　と、雅生の大声に、誰かが舌打ちするのが聞こえました。すみません、すみません……私は誰にともなくそう言い続けます。

「雅生、落ち着いて。お願いだから、落ち着いてね」

これ以上、パニックの頻度が増えたら……「その自閉症の子をなんとかしてください。よそにやってください」。そんなクレームが避難所内から出ても、おかしくはない状況でした。しかし、理解してくれる方々もたくさんいたのです。特に、雅生が登下校の道すがらよく会っていたというご夫婦の優しさは身に染みました。

「雅生君はね、いつも元気におはようとあいさつしてくれたんですよ。大丈夫だよ、もうすぐここから出られるからね」

避難している人の中に見知った顔があることで、雅生も少し落ち着きを取り戻すことができたのです。

震災から十日ほど経っても、配給のペースは日によってムラがあり、たくさん食べられる日と、ちょっぴりしかもらえない日がありました。そんな日は、図書室で他の子達と避難をしている昇洋と晃佑が、自分達がもらった菓子パンを我慢して、「これ、お兄ちゃんに取っといたから。あげるよ」と持ってきてくれました。

避難していた先生方も、雅生のことを知っているので、ご自分のことで精一杯の状況だったはずなのに、励ましの声をかけ続けてくれました。それでも雅生の表情はもう限界に達していました。握りこぶしに力を入れすぎて、手のひらに爪の跡ができていました。新聞記事の片隅に、「自閉症の子をもつお母さんが、避難所には入らず、自家用車にずっとこもっている」という記事がありました。避難所でパニックになるよりも、車にいたほうがお互いによい、だけど先が見えなくて……という内容だったと思います。

せめて、何か音楽があれば……私も次第に焦りを感じてきました。

ぐっと堪えている雅生が、畳の上で、ピアノを弾くように指を動かしていました。茶の間で毎日弾いていたピアノは、雅生の話し相手であり、心を落ち着かせることのできる魔法の楽器でした。おばあちゃんがいなくなり、ピアノが流されてしまったことで、雅生は今まで味わったことのない喪失感の中にいるのでしょう。

「お母さん、ピアノは流されました」

日に何度も何度も、そう言います。すぐに買ってあげるからね、なんて、そんな安請け合いなことは絶対に言えません。できない約束はしないこと。これも、自閉症の子育てにおいて基本的なルールです。

今は避難所の誰もが我慢しているとき。耐えること。欲しがらないこと。それが無言のルールとなっていました。

でも――絶対に弾けないわけではは、ないのです。避難所になっている音楽室にピアノがあるのは、私も雅生も、知っています。しかし、だからといって、こういうときだけ、「自閉症があるから弾かせてください」と申し出るのは、違う気がしたのです。私がそうお願いすれば、もしかしたら、許可が出るかもしれません。でも――私は、何度も逡巡していました。

こういうときだけ、自閉症だからといって特別なことを要求してしまえば、今まで私と雅生が守ってきた「何か」が崩れてしまいそうで、怖かったのです。

ぼく、ピアノ弾けます！

雅生が小学校時代、たくさん弾かせてもらった、たくさんの思い出が詰まった女川第一小学校のピアノ。

不思議な偶然は、その後すぐにやってきました。避難しているお年寄り達は、十一日以降、まったく体を動かしていませんでした。このままでは、筋肉が固まって、エコノミー症候群という病気になってしまうかも、という声がどこからか上がり、元気なお年寄りは、朝、プレイルームという教室に集合して、ラジオ体操をしましょうという呼びかけが起こりました。そして、二十人から三十人くらいのおじいさん、おばあさんが集まりました。

だけど、まだ電気は通じていません。仕方がないので、ある先生が、ラジオ体操第一、第二の曲をピアノで弾くことになりました。でも……楽譜もなく、その先生は演奏の途中でつまずいてしまい、ラジオ体操はやむなく途切れました。

音楽がないと、体操もできない。困ったねえ。

お年寄り達が口々につぶやいていたときです。

「ぼくがピアノ弾けます。ぼくがラジオ体操を弾いてもいいですか」

そう右手を挙げて発言したのは、誰でもない、雅生だったのです。その場所にたまたま、おじいさんと一緒にいたのでした。

そして、おじいさんが勧めたわけでもなく、雅生はとっさに自分から、演奏を申し出たというのです。

えっ？　と疑う人もいたようです。自閉症の子が、ときどきわけもわからず大声を出している子が、状況を把握せずに手を挙げているだけだと思ったことでしょう。何を言ってるんだ、と眉をひそめられても仕方がなかったでしょう。

でも、幸運なことに、その先生は、雅生の小学生時代を知ってくださっていました。ピアノを習っていたこと、コンサートをしたことも、覚えていらっしゃったのです。

「そうか、じゃあ、雅生君に弾いてもらおうかな。雅生君、こっちにおいで」

ピアノの前に座らせてくれました。

「では、ラジオ体操第一からお願いします」

もしかすると、ピアノが雅生を呼んでくれたのかもしれません。地震で怖かったことも、家が流されてどうしていいのかわからない気持ちも、おばあさんと会えなくて悲しい気持ちも、すべてピアノが受け止めてくれたのです。いえ、もしかすると、天国のおばあさんが、雅生をその場に呼んでくれたのかもわかりません。

それまで、ラジオ体操など弾いたことがあったのか……私の記憶にはないのですが、毎年夏休みには体操に出ていたので、耳が自然に覚えていたのでしょう。ラジオ体操第一も、第二も、雅生は演奏することができたのです。

久しぶりにラジオ体操ができたおじいさんやおばあさん方も、たいそう喜んでくれたと、我が家のおじいさんが興奮しながら私に報告してくれました。雅生は、大きな拍手をいただいたそうです。雅生の顔も、いつになくいきいきとしています。

「お母さん、ぼく、ピアノを弾いてきました。ピアノを弾いてもいいいって言われました」

ああ！　これで大丈夫だ……私は、避難所に来て初めて、ちゃんと泣けました。

その翌朝から、避難所で、雅生には役割ができました。

朝起きて、顔を拭いて、七時三〇分から、プレイルームでラジオ体操を演奏すること。殺伐とした避難所にほっこりできた朝の優しい時間でした。

それは、十四年間生きてきて、雅生が初めて自分からチャンスをつかんだ瞬間でした。

「ねえまさき君、ラジオ体操だけじゃなくって、他の曲も弾いて」

あるとき、小さな女の子が、雅生にそうねだりました。

「そうだそうだ、私も何か聴きたいわ。もう何日も音楽なんて聴いてないから」

今まで言葉を交わしたことのないおばあちゃんもそう言いました。

音楽室にはいくつか楽譜があって、雅生はリクエストされるままに、それらの曲を弾いていました。

童謡も、スマップの曲も、そしてリクエストがあれば水戸黄門のテーマ曲も一生懸命弾いていました。

「今からオープンスペースで、まさき君のコンサートが始まります」
それは、女川第一小学校の校長先生の発案でした。
コンサートをして、皆で笑顔になりましょう。雅生君も私達も、そろそろ笑顔にならないといけません――鶴の一声で、小さな小さな、避難所でのコンサートが決まったのです。気がつけば、ピアノを弾き始めてからというもの、雅生は体を強張らせることも、泣くこともなくなり、心が凪《な》いでいました。ほっぺたには、雅生のトレードマークの、りんごのような赤みが戻っていました。

もうすぐ、三月が終わろうとしていました。

教頭先生のギター。他の先生方の歌。そして、小さい子ども達のカスタネット。お母さん、お父さん方の掛け声、手拍子……音楽というのは、やっぱりすごい力を持っているんですね。女川第一小学校に久しぶりの笑顔がありました。

「まさき君が弾きたい曲も弾きなよ」

誰かがそう言ってくれました。

雅生は、『ありがとう』を弾きました。

その曲は、うちのおばあさんが、毎朝楽しみにしていた朝の連続TV小説『ゲゲゲの女房』の主題歌でした。雅生はときどき、おばあさんにリクエストされてその曲を家で弾いていたのです。おじいさんが、必死に袖で涙を拭いています。

〝ありがとう〟って伝えたくて　あなたを見つめるけど
繋がれた右手は　誰よりも優しく
ほら　この声を受けとめている

まぶしい朝に　苦笑いしてさ　あなたが窓を開ける
舞い込んだ未来が　始まりを教えて
またいつもの街へ　出かけるよ

＊

いつまでも　ただ　いつまでも
あなたと笑っていたいから
信じたこの道を　確かめていくように
今　ゆっくりと　歩いていこう

コンサートは、皆さんの合唱で幕を閉じました。

おばあさん、天国で聴いていますか。ぴーちゃん、これからも私たちを見守っていてくれますか。


たくさんのものを失いました。

私達ももうすぐこの避難所を出て、別の場所で、ゼロからのスタートです。でも、すべてを失って、雅生は、生まれて初めて本当のチャンスを得たのかもしれません。誰の役にも立てないと思っていた雅生が、こうして、誰かの役に立てたのです。

人生のチャンス。それは、自分のためではなくて、人のために何かができるときのことを言うのですね。

女川の皆さん、本当に、ありがとうございました。そして雅生、がんばったね、ありがとう。

橋本安代

あとがきにかえて

雅生君のお母さん、橋本安代さんからこの原稿をいただいたのは、二〇一一年八月の終わりのことでした。その後、編集部で原稿を整え、言葉を足したり引いたりするご相談を、携帯のメールや電話を通して頻繁にやりとりしていました。

いよいよ原稿も完成し、最終チェックのお願いのメールをお送りしたのが、二〇一一年一二月。いつもはすぐに丁寧な返信をくださる彼女なのですが、一向に返信がありません。電話も繋がらず、私は、安代さんが心変わりをしてこの本の出版を躊躇《ちゅうちょ》しているのではないのかしら、と不安になりながら二〇一二年の年明けに、ご様子伺いの手紙を出しました。雅生君の誕生日が一月末だったこともあり、三兄弟に色違いのパーカーを同送しました。今年の東北は例年よりずっと寒いとニュースで伝えていました。

お手紙を送って数日後のこと。安代さんのご親戚の方から電話をもらいました。

「安代は、年末から原因不明の病で入院しています。今も面会謝絶です。肺炎をこじらせて、一カ月あまり意識不明の日が続いています。何らかのウイルスが体内に入ったかもしれないということですが、体が動かせないので、精密検査もできないのです。子ども達にも会わせていません。万が一のことも、覚悟はしています」

思いがけない事態に耳を疑いました。


そういうわけで、この原稿の最終チェックを著者である安代さんは行っていません。もっと書き足したかった想いがあると思います。最後に一字一句をちゃんと見直したかったはずです。その電話を受けてから数日間、この本を出版していいものかどうか、悩みました。

安代さんが回復されるまで出版を待つということが出版社としては、正しいやり方のような気がします。

しかし、この本の出版を誰よりも楽しみにしているのは雅生君です。

雅生君とも安代さんとも、あの日から一年後の、二〇一二年三月十一日に出版することを私は約束していました。安代さんと電話をするたびに、安代さんの後ろからは、「小宮さん、本はまだ？　僕が描いた絵、本に載せてくれるんでしょう？　本が出来たら、お母さんと僕、東京に行けるんでしょう。小宮さ～ん、まだ～」と、雅生君の熱っぽい催促の声が聞こえました。

雅生君は今、生まれて初めて、安代さんと長期間離れて暮らしていることになります。３・11のときに、丸二日間。それのもう二十倍近くの夜を、大好きなお母さんと離れて眠っています。きっと、弟の昇洋君、晃佑君が立派にサポートしてくれているのでしょう。そして、安代さんのお姉さんご夫婦がいろいろ生活の面倒を見ているそうです。だけど、雅生君の不安は計り知れません。たくさんの我慢をして十五歳の春を迎えようとする雅生君を、これ以上がっかりはさせたくはない。だから、安代さん。あなたが目を覚ますのを待たずに、この本を出版することを、許してください。

私が雅生君のことを知ったのは、二〇一一年三月二六日に放送されたNHKのニュース映像でした。悲しくて辛いニュースばかりの中で、雅生君のピアノは、ささやかな希望の音色に聞こえました。ピアノの演奏に涙するお年寄りの顔もありました。安代さんもインタビューを受けていました。「避難所という環境の変化にうまく適応できるだろうか、パニックを起こさないだろうかと不安でした……」とコメントしていたのを覚えています。

自閉症や知的障害を抱える人達とそのご家族にとって、避難所でどうやって生活していくかは、大問題です。雅生君、安代さんと同じ想いを抱えている方が、たくさんいるはずです。雅生君のことを本にして紹介することで、そうしたご家族の励みになるのではないでしょうか、と安代さんにお願いしたのがそのニュースから数日後のことでした。

安代さんは、突然の本の出版依頼にずいぶん戸惑われていました。

「だけど私は本当にいい母親じゃないし、雅生に何もしてあげられていない。小さい頃は、怒鳴ったり、叩いてしまったこともしょっちゅうでした。今も、シングルマザーになって迷惑をかけてばかりです。こんな私の言葉で誰かを励ますことなんてできるのでしょうか」

「今回の震災で私より大変な目にあった人はたくさんいます。私よりがんばっている人もたくさんいます。だから、どうか、立派な本にはせずに、ダメな母親の本として世に出してくださいね。でも、離婚してから雅生はずいぶん成長しました。今は私が、息子達に助けてもらっているんです」

そんな文面の携帯メールが何度も送られてきました。安代さんのメールアドレスは、ma-no-ko@…と、息子達の名前の頭文字を繋げたものでした。そんなやりとりを繰り返しながら、戸惑いつつ、この原稿を仕上げてくれました。

安代さんは、二〇一一年四月に女川の避難所を離れ、同じ宮城県内の岩沼市にいるご両親のもとへ、雅生君、昇洋君、晃佑君とともに身を寄せました。といっても、岩沼市も東日本大震災の被災地です。私が昨年春頃、岩沼の安代さんのもとへ幾度か打ち合わせで通ったときは、まだ電車がすべて復旧しておらず、ようやく仙台空港が仮設で復旧したばかり。町が、人が、これからどう立ち上がっていくのかが、まったく見えない状況でした。ご両親もご高齢ゆえ体も弱っており、病院へもよく付き添っておられました。3・11以降、安代さんが安息を得る時間はなかったのかもしれません。子ども達の転校問題もあったことでしょう。

行政のデータには出ないけれど、安代さんのように、被災後、ようやく生活が落ち着いてきた頃に、ストレスや疲労が溜まって病に倒れている人はけっして少なくはない気がしています。

また、安代さんは、時間を見つけては、離れて暮らすことになった女川のおじいさんの仮設住宅へと、息子達を連れてよく会いに行っていたようです。

「家族って、血のつながりじゃないんですね。離婚したから、本当はもう家族じゃないかもしれないけれど、やっぱり女川のおじいさんが心配でたまらないし、それに、石巻で津波で亡くなったおばあさんの最後の言葉が、『孫達が心配だから帰る』だったと聞いたときは、涙が止まりませんでした。それにね、おばあさんから、『安代、味噌汁はちゃんと鰹節から出汁を取れ』と口酸っぱく言われていたときは、正直、めんどくさいって反発していたけど、私、実家に帰ってきてからも、やっぱり鰹節で出汁を取ったお味噌汁じゃないと落ち着かないんですよ。おかしいでしょう。もう怒る人はいないのに、鰹節削っているの、ふふふ」

そう言いながら、打ち合わせでお宅にお邪魔した私に、ちらし寿司とお味噌汁を作ってくれた安代さん。その隣で、嬉しそうにちらし寿司を頬張っていた雅生君。

この本が印刷所から刷り上がってくる頃には、安代さんが長い夢から覚めて、雅生君と一緒にページをめくってくれることを心から祈っています。

これも安代さんが話していたことですが、先述のニュース映像などで雅生君のことを知った全国の人々から、「ぜひ雅生君にピアノをプレゼントしたい、家で使わなくなったピアノをもらってほしい」という、たくさんのお申し出があったそうです。

安代さんは大変驚いていました。ピアノなんて高価なものをもらっていいのでしょうかと悩んでいたので、「今、使われていないピアノなら、雅生君が弾くことでピアノも喜ぶかもしれませんよ」と助言しました。

それから間もなく、雅生君のもとにはすてきな木製ピアノが届きました。悩んだ末、お住まいの一番近い方から譲り受けたということでした。

雅生君はそのピアノを毎日、弾き続けています。

「この本が出来たら、雅生にピアノをプレゼントしたいと言ってくださったすべての人に、感謝の手紙とともに本を送りたいんです」

安代さんと雅生君が何度もそう話していたことも、最後にお伝えしておきます。

二〇一二年二月　　ブックマン社 編集担当　　小宮亜里

女川町に昇る朝日

解説
「自閉症とは？」

カニングハム久子

国連は二〇一一年を「自閉症年」とし、世界中に自閉症に関する認知を促した。このことはあまり知られないまま、世界は二〇一二年を迎えた。

年明けの一月二〇日、ニューヨーク市の「ジャパン・ソサエティー」で、日本で自主制作されて、観客の心を揺さぶった映画『ぼくはうみがみたくなりました』が、英語の字幕つきで上映された。日米人で満席となった会場は笑いと感動があふれ、質疑応答の時間は延長を求められるほどだった。ニューヨークばかりでなく、コネティカット州やニュージャージー州でも、同時期に上映されたが、それに先立ってカリフォルニアで上映されている。この映画の主人公はカナー型の自閉症者である。

二十数年前まで、自閉症の出現率はほぼ二千人に一人と考えられていたが、現在では百人に一人（特に八歳児人口を対象にした調査）という報告があり、他の年齢層の子どもたちの中にも、同じ率の出現率があると言われている。増加の原因には様々なデータや推理が提示されているが、何と言っても自閉症の早期発見方法が開発され、洗練されたことにある……つまり、自閉症の掘り起こしが専門家の間で啓発されたことが大きい。しかし、私はそれだけではなく、自分の職業（コミュニケーション・セラピスト）を通して、実際に自閉症状を発症している子どもたちが増加していることを実感している。その実感が先進国では広がっていることが、前述した国連の動きであり、前記の映画が共感の輪を広げている理由なのであろう。

自閉症はかつて「冷蔵庫マザー（ブルーノ・ベテルハイムによる）」のせいと言われていたことがある。つまり、母親の冷淡な対応が乳幼児を自閉症にしたという説である。この理論は後の研究で否定され、脳の機能の偏りが自閉症の病理であることが証明されて、今日に至っている。

そうした脳の偏りを招く原因については、遺伝、妊娠中の処方薬やストレス、酒、たばこ、食物に含まれている化学物質、高年齢出産（父親が高齢の場合も影響）などがあげられている。その他、出産一ヵ月くらい前から胎児の脳細胞の間引きが始まるが、その間引きが多すぎても少なすぎても自閉症の原因になるなど、枚挙にいとまがない。

加えて、本来、健常だった赤ちゃんが後天的な自閉症状に見舞われるグループがある。この現象は、テレビやＤＶＤに子守りされた乳幼児たちに多く、現代の子育てに大きな警鐘を鳴らしている。

自閉症には二つのタイプがあり、一つが「カナー型」もう一つが「アスペルガー型」と呼ばれている。

それぞれの特徴は「カナー型」の場合、

○重度の情緒的接触の欠如
○言語をコミュニケーションの手段として使わない
○物にとらわれるが、その機能を正しく認識していない
○反復する行動、ルーティン行動、変化に対する抵抗・突出した能力（視覚記憶）である

「アスペルガー型」の場合、
○社会性の点で奇妙、未熟、不適切
○言語スキルがあるが回りくどい、反復的。字義通りにしか理解できないし、使えない。相互会話になりにくい
○しぐさや表情が読めない
○不器用、奇妙な歩き方や姿勢
○常識の欠如がある
　両方の共通点は「偏った社会性、偏ったコミュニケーション、創造力の欠如とこだわり」である。

　しかし、この特徴のすべてがすっきりと現れるというわけではなく、この特徴に混じって、学習上の障壁となる他の特徴を併発しているケースが多くなっている。

　私のセラピーを受けていた一人の幼児（日本人）は、三歳時、確かにカナー型であったが、セラピーの効果が上がるにつれて、アスペルガー型に移行していった。つまり、言語に目覚めて、奇妙ながらも言葉を

コミュニケーションの道具として使う傾向が強くなったということである。こうした変化は早期診断と早期の適正な介入によってもたらされることが多く、アメリカの特別支援無料教育と介入が誕生から二十一歳まで保証している根拠になっている。

本書の雅生君も、筆者であるお母様の描写からカナー型の自閉症と見ていいようだ。

雅生君の場合、お母様の献身的で客観的な対応が、教育現場でほどこせない部分をカバーされたことが、雅生君の感性を引き出し、ピアノに向かわせたことは明らかである。

ちなみに、自閉症児にも感情生活は豊かに息づいていることを、周囲の人達は知っておいて欲しい。人間には「知・情・意」が備わっているという。だが、人間社会の歯車をスムーズにするのは「情」であろう。その「情」を自閉症児（者）は敏感に感得する。感得しても直截に分かりやすく表現できないだけなのだ。

二〇一一年三月の東日本大震災の折り、発達障害や心身障害を持った人達の死亡率の割合は、健常者のそれよりも高かったという。自閉症児（者）は危機の際、パニックになりやすい。異常な感覚刺激に耐えられないのである。従って、自閉症児（者）に対して周囲は声を荒らげない、顔や体に触らない（触覚防衛が強いので）、平常な声で具体的な指示をする――たとえば、「立ち上がりなさい」「私と一緒に来なさい」「入口においで」、などの心得が必要である。

普段から「情」で繋がっていると、自閉症児は声音にしっかりと応じるものである。それはその声が自閉症の脳にあるらしい「絶対音感」にマッチして安心感を与えるからであろう。この子どもたちは多くが音質に敏感なので、人の声のえり好みがあることを、私は何度も経験している。

雅生君はその音感をピアノで生かしたのであろう。雅生君の行動からそのことを酌んだお母様の感性と、その前後の努力に熱い感動を覚えないではいられない。

私は二〇〇八年とその翌年の秋、女川町で講演を実施したが、一年飛んで、昨年秋、まさかの講演依頼を受けて三度目の訪町をした。その三度の講演とも、雅生君のお母様は足を運んでくれたという。私の生地の五島列島と女川町は、漁業を通して深く繋がっていることを知り、とても親近感を覚えた町である。漁師たちは情が熱い。それだけに昨年秋の訪町は言葉に尽くせない悲嘆の一日になった。「マリンパル女川」をはじめ、コンクリートの建物が悪夢のような惨状を呈していた。

あまりのことに私は講演前も後も「哀悼の意」を述べることができなかった。私の夫が亡くなって間もないこともあり、言えば抑制できない悲しみに襲われそうな不安感に揺れていたからである。講演参加者たちはノーブルなほど威厳を保っていた。「情」の厚さがこの人たちを支えているのだと思った。

雅生君のピアノ演奏は、女川町の「情」を温めた。その温もりが被災地全体へ波動していくことを祈るばかりである。

被災地の皆様と、奪い去られた命への尽くせぬ祈りを込めて……。

カニングハム久子《ひさこ》

教育コンサルタント。コミュニケーション・セラピスト。ニューヨーク在住。1934年長崎県生まれ。同志社女子大学英文学科を卒業後、留学。ニューヨーク市立ハンター大学で修士号取得。その後、NY医科大学教官、NY州ウエストチェスター郡立医療センター視聴覚臨床教育プログラム主任を経て、1980年から2002年まで、自助組織「SPEC NY臨床教育父母の会」主宰。明蓬館高校特別顧問。1992年 United to Serve America よりアメリカ社会への貢献が認められダイアモンド賞受賞。同年、日米教育交流の促進に尽力したことにより外務大臣賞受賞。教育関連の著書、翻訳書多数。

雅生くんたちの住む眺湾荘からまっすぐに伸びる坂道を下った所にあるのが佐々木写真館である。「おはよう」「ただいま」と、元気に挨拶するランドセルを背負った兄弟たちが写真館の前を通る様子が目に浮か

佐々木写真館

◇写真のご紹介◇
[The Day, and After]（『女川　佐々木写真館』一葉社刊）より
本書に掲載した写真は、女川町出身の写真家・鈴木麻弓さんの作品です。鈴木麻弓さん（旧姓・佐々木さん）は、雅生君達と同じ、女川第一小学校の卒業生です。女川町にあったご実家の「佐々木写真館」は、3・11の津波の被害に遭われました。鈴木さんのご両親は行方不明となり、残念ながら、今もまだ行方がわかりません。震災前にお父様の厚さんが、雅生君と昇洋君の小学校の卒業写真も撮っていたという不思議なご縁を知ることもできました。現在、鈴木さんは、ご自宅のある神奈川県と女川を行き来し、佐々木写真館三代目を名乗って、復興のために活動されています。

＊13ページは　佐々木厚さん、
52-53ページは、麻弓さんのお姉様の撮影です。

すずき・まゆみ
http://www.monchicamera.com
佐々木写真館三代目。1977年生まれ。写文集『女川　佐々木写真館』（一葉社）を出版。
自宅のある神奈川県逗子市と女川町を往復しながら写真を撮っている。

ぶ。きっと私の両親と毎日挨拶を交わしていたことだろう。それを確かめようと思っても出来ない。何故ならば私の両親もこの津波の犠牲になり今も行方不明だからだ。今回ご縁があり、いくつかの写真を提供させていただいた。この本は橋本さん一家のストーリーであるが、その中に女川の風土や人々についての描写が散りばめられている。「そうそう、この感じ！」と、読みながら自分が育った十八歳までの日々を思い出し懐かしく感じた。小さな港町の人情に包まれながら雅生くんは成長していく。ピアノという生涯の友と出会った雅生くん。地域の方々や学校の先生方の愛情を忘れず、素敵な大人になってもらいたい。私も女川第一小学校の出身なので、いつか雅生くんと校歌を一緒に歌えたらいいな。もちろん伴奏は雅生くんのピアノで……。

――女川佐々木写真館　三代目　鈴木麻弓

まさき君のピアノ

自閉症の少年が避難所で起こした小さな奇跡

2012年3月11日　初版第一刷発行

著者　橋本安代《はしもとやすよ》

解説　カニングハムク子
アート・ディレクション　落合孝（b-line）
ブックデザイン　高井真由美　木村美夕紀（b-line）
写真　鈴木麻弓、佐々木厚（女川佐々木写真館）
イラスト　小宮礼子
編集協力　村山聡美
編集　小宮亜里、柴田みどり
カバー写真提供　共同通信社

JASRAC　出　1201321-201

発行者　木谷仁哉
発行所　株式会社ブックマン社
〒101-0065　千代田区西神田3-3-5
TEL 03-3237-7777　FAX 03-5226-9599
http://www.bookman.co.jp

印刷・製本　凸版印刷株式会社

ISBN 978-4-89308-772-0